八咫烏の花嫁

王家をめぐる金色の髪

香月沙耶

宝島社
文庫

宝島社

八咫烏の花嫁

王家をめぐる金色の髪

序章

こんこん、こんこん。

「……はぁ、はぁ」

間断なく続く咳の合間につく息は、小刻みに途切れる。聞く者がいれば憐憫の情を抱かずにはいられないであろう程に、ひどく苦し気だ。

無理やり咳を飲み込もうとすると、目に涙が滲む。

喉が痛い。胸が苦しい。手足の先の感覚はおぼつかず、こめかみには痺れるような刺激が差し込んでくる。

羽二重の布団は、常ならばあたたかくそして軽い。けれど今の自分には、まるで錘を乗せられているかのように重く感じる。その布団の下で、少しでも苦痛を和らげようと丸くなってやり過ごそうとするも、こらえきれずに喉から咳が溢れる。こうなってしまえば、もう止まらない。

ひゅうひゅうと喉が鳴り、自分の意志では呼吸すらままならない。

「小夜お嬢さま！」

隣室で休んでいた八重が、咳の大きさに驚いて、部屋に飛び込んできた。

「……、……っ」

ごめんなさい、と謝りたかったのに声も満足に出せない。

八重は慣れた動作で上半身を起こし、支えながら背を優しく撫でさすってくれた。

「ご、……ごめ……っ」

絞り出すように発した言葉の途中で、また咳が出る。

「お話はあとでうかがいますから、今はまず咳を止める方が先でございましょう」

「は、……い」

「咳がおさまったら白湯で喉を潤しましょう。楽になりますよ」

優しくそしてはっきりとした声音に、小さくうなずく。

(今、何時だろう)

外はまだ暗い。こんな時間に起こしてしまって、八重には本当に申し訳ないことをした。昨日は調子が良かったから、濡れ縁で日光浴をしたのだが、あれがいけなかったのだろうか。おとなしく床について安静にしていれば、八重を起こすような咳は出なかったかもしれない。

ああ、嫌になる。この弱い身体が。

生まれた時から脆弱で、何度も死の縁に立たされた。ちょっと動いただけで息が切れ、無理をすればその夜は確実に熱が出る。体調を崩せば、周りの人——八重をはじめ、自分の世話をしてくれる奉公人たちに、迷惑をかける。

体調を崩せば、もちろん身体は辛いが、それ以上にこうして周囲に迷惑をかけるのが嫌だった。

少しずつ咳がおさまってゆく。八重は「待っていてくださいね」と言って、いったん部屋を出て行った。

気をつけて息をしないと、喉の奥が、ひび割れたように、ひゅう、と細い音をたてる。胸に手を当てて、ゆっくりと慎重に呼吸を繰り返した。

咳が出た時は、横たわっているより上半身を起こした方が幾分楽だった。無意識のうちに背を丸めてうつむくような姿勢を取る。

カァ。

ひそやかに息をついたその時、外から鳴き声がした。

「……カラス？」

カラスは朝の鳥。

もうすぐ夜が明けるのか。

（今日は、どんな日になるだろう）

無事に生きていられるだろうか。誰にも迷惑をかけずにいられるだろうか。

ただただ平穏無事に。それだけが望み。

うなだれると肩から髪がさらりと落ちて、顔の周りを帳(とばり)のように覆う。

腰まで伸びた長い髪は、すべてを隠す夜の色。少女の胸の内をも黒く塗りつぶしてゆく。

「小夜お嬢さま、お待たせしました。どうぞ」

飲み頃の白湯を持ってきてくれた八重に礼を言い、湯飲み茶碗を受け取る。

湯飲みを両手で包み込むと、指先の感覚が戻ってくる。

あたたかい。

口にした白湯はほんのりと甘く、落ち込む心をわずかに慰めてくれた。

第一章

三葛小夜の世界は狭い。

病弱な小夜は、走ることはおろかほんの少し歩いただけで息切れを起こす。階段を上り下りすれば、その日の夜には熱を出して寝込んでしまうほどだ。そのため生まれてから六年という年月のほとんどを、家の中で過ごしてきた。

自室は八畳の広さがある。廊下に面した引き戸から見て右手には、天井近くまである大きな本棚が据えられ、童話、小説、図鑑など、様々な系統の本が揃っている。ほとんど横になって過ごす小夜は、読書の時間もなかなか長く取れずにいるが、本は自分と外を繋ぐ大切な縁でもあった。

本棚の逆側には、亡き母が嫁入り道具として持参した黒漆塗の三面鏡と白木の箪笥が二竿。物心つく前にこの世を去った母との思い出は、正直ほとんどない。だからこそ母が愛用していたものを近くに置いて、その存在を身近に感じていたかった。

部屋は和室なのだが、畳の上には父が海外から取り寄せた絨毯が敷かれている。ぎっしりと毛足が密集した絨毯は、冬の間底冷えから小夜を守ってくれる。

壁の一面は採光を配慮し、窓が大きく取られている。夜の間は冷気の侵入を阻むため、緞帳のような分厚い窓掛けが引かれているが、今は左右にまとめられ、明るい日差しが部屋に差し込んでいた。

　その窓に並行して、絨毯同様輸入品であるベッドが置かれていた。この時代ベッドを使っているのは、外国人かやんごとなき身分の方々、そして病院施設くらいか。

　布団より寝起きが楽だろうということと、窓から見える景色が、少しでも小夜の心を慰めてくれればという心遣いからだと、幼くも利発な少女は気づいていた。

（あ、桃のお花、昨日はまだかたい蕾だったけれど、もうすぐ咲きそう）

　窓から見える坪庭には、様々な種類の植物が植えられている。地植えのものだけでなく、一角には植木鉢が整然と並んでいる。外国からやってきたその植物は、夏には目を瞠るような鮮やかな花を咲かせるのだ。

（てんじくぼたん……ダリヤって名前だったかしら。きれいだったなぁ）

　季節はもうすぐ春。ダリヤだけでなく、これからは様々な花が、可憐な姿を見せてくれるだろう。桃の次に小夜の目に入ったのは、雪柳だ。小夜の小指の爪ほどの小さな花は、風が吹けば飛んでいってしまいそうだけれど、雪柳の枝は強く、引っ張っても千切れることはない。

（あんなに小さくてかわいいお花なのに、強いんだなぁ）

　自分とは大違いだ。

　次から次へと芽吹く花だけでなく、鳥の来訪も楽しみのひとつだった。

（冬の間のスズメたちは、まぁるくふくふくしていたな）

坪庭は小夜の部屋と同じくらいの広さだ。日本の庭園というより、小夜を楽しませるため、雑多ながら目を引くつくりになっていた。

この坪庭専属の庭師がいて、花木はいつも生き生きとしている。鳥たちにとっても憩いの場となるよう、水場や餌場も用意されていた。それらを目当てにやってくる鳥は種々様々だ。

今も小夜の視線の先にも、えさを啄む雀たちがいる。

もう少ししたら、子雀の姿も見られるだろう。

去年の春に見た子雀の様子を思い出す。大きな鳴き声で親雀に餌をねだる様は愛らしく、動きがおぼつかないところも見ていて飽きない。

小夜の世界は狭い。

友達もいない。外に出ることもできない。ひたすら安静にして、呼吸すらも慎重に、細心の注意を払って。そうでなければ、明日生きていられるかどうかもわからない。

和洋折衷のこの部屋と、窓から見ることのできる庭。それだけが小夜のすべてだ。

「小夜お嬢さま、起きていらっしゃいますか？」

はい、と返事をすると、八重が顔を覗かせる。そのまま入室してくるのかと思いきや、八重はいったん身を引いた。

「……？」

首をかしげると、八重に代わって男が部屋に入ってきた。

「お父さま」

小夜の父、三葛清史郎だ。

年齢は三十六、藍色の背広に身を包んだ清史郎は平均的な成人男性よりも頭ひとつ分背が高く、洋装がよく似合っている。

小夜が起きようとしたところを、静かに手で制した清史郎は、寝台の横に立った。

「昨夜は咳が止まらなかったそうだな。具合はどうだ」

清史郎の声は、低く落ち着いたものだ。

「はい、もう落ち着きました。ご心配いただきありがとうございます」

細い声でそう告げると、無表情に見えた清史郎の顔が、ほんの少し緩んだ。そんな父を見て、小夜もにこりと笑う。

「お父さま、お仕事はお忙しいのですか？」

小夜が問うと、清史郎はああ、と微かに目を瞬かせた。

「これから大阪だ。ひと月ほど留守にする」

ひと月……、と心の中でつぶやくも、小夜は小さくうなずいた。

「そう、ですか。……どうぞ気をつけて行ってらっしゃいませ」

消沈するも、すぐに小夜は先刻より声を張ってそう告げた。

父が多忙なのはいつものことだ。

清史郎は紡績会社の経営者である。

三葛家は、もともとは紀州藩主である紀伊徳川家（きいとくがわけ）に仕える武家であった。小夜の祖父は三葛家の次男で、維新後に故郷の和歌山を出て大阪に居を構え、紡績業を営みはじめる。当初は粗悪な輸入機械しかなく、その機械により作られる生糸は、海外の製品と比べようもない品だったために良い値段では売れず、苦しい日々が続いたという。だが輸出に力を入れるべく、資本力を持つ民間人により、海外へ技術者を派遣したり、優れた機械を輸入したり、そういった努力の結果、日本の紡績業は軌道に乗り、有数の輸出大国へと変貌したのだった。その好機の波をすかさず捉えた祖父もまた、大阪で手広く事業を拡げていった。

清史郎は祖父が健在の頃から、東京や群馬の工場の管理を任されていた。祖父が他界した後は後継として手腕を振るっている。

利益もここ数年でさらに跳ね上がり、巷（ちまた）では『お蚕お大尽さま』などと呼ばれているらしい。

「土産（みやげ）は何がいい。欲しいものはあるか」

「……えっと」

欲しいものは特にない。無事に、そしてできるだけ早く父が帰ってきてくれれば嬉しい。けれどそう言ってしまうと父を困らせてしまいそうだから、小夜は、うーん、うーん、と小さくうなりながら『欲しいもの』を探した。

「えっと、あっ、あの、地図を」

「地図？」

「大阪の地図がほしいです」

小夜が大阪に行ける可能性はほとんどない。けれど、地図を見てどんな場所だろうかと想像することはできる。

声を弾ませてそう言うと、そんなものが欲しいのかとばかりに目を眇めたが、清史郎はわかったとうなずいた。

「小夜お嬢さま、今日はもう春かというくらいあったかいですよ。ご気分が良ければ、窓を開けましょうか」

「はい、お願いします」

清史郎が部屋を出たあとで、入れ替わりにやってきた八重は、小夜の返事を聞くとにっこり笑ってうなずいた。

部屋のそれは上げ下げ窓で、滑車がないため開けるのに力が必要だ。非力な小夜ではまず無理だが、八重はいともたやすく窓を上部へと引き上げた。

窓を途中で止めると、カチッと音がする。

部屋に暖かなそよ風が優しく吹き込んできた。その風に乗って、外の匂いが小夜の鼻腔をくすぐる。

「喉の調子はいかがですか？」

「あ、大丈夫です。昨夜……というか、朝方はありがとう、八重さん」

「いえいえ。大丈夫なら何よりです」

母が亡くなって以来、春原（すのはら）八重が小夜の面倒をずっと見てくれている。

祖父は大阪で業績を伸ばす傍ら、いずれは東京にも工場建設をと考えていたのだろう。二十年ほど前に妻や清史郎ら子供たちを東京に住まわせた。その頃から八重は三葛家の奉公人として働いている。

今は祖父母とも他界し、清史郎の弟妹はそれぞれ家庭を持ち独立している。現在この家には清史郎と小夜、そして十人ほどの奉公人のみが暮らしていた。

八重は五十過ぎと聞いているが、健康でしっかりとした骨格をしており、男性にも負けない体力があるんですよと、本人が笑って話していた。

黒々とした豊かな髪とふっくらとした赤みを帯びた頬、愛嬌のある丸く大きな瞳の八重は、年齢よりずいぶん若く見える。

「清史郎さま、早くお帰りになるとよろしいですね」

まだ出立（しゅったつ）する前から、八重はそんなことを言う。内心小夜がさみしい思いをしていることを察したのだろう。

「はい。新しい機械が搬入されるそうです。じどうりきしょっき、って言ってました」

「はあ、あたしも難しいことはよくわかりませんが、大層なものなんでしょうね」

「ええと、布を織る機械の横糸が終わっちゃった時、人の手じゃなくて機械が自動で糸を足してくれるそうです。すごいですね」

「なんとまあ。それじゃあ機械があれば人間はいらなくなっちゃいますねえ！」

頓狂（とんきょう）な声でそう言う八重に、小夜はふふっと笑う。

「でも機械に油を差したりお掃除したりは、機械にはできないから、やっぱり人は必要だと思います」

「人間が機械の召使いですねえ」

「人がいないと機械は動きませんから」

なんだか自分と八重みたいだなとふと思う。

世話をしてくれる八重がいてくれるからこそ、ベッドから出られない小夜はこうして生きていられる。

ありがたいし、いつも感謝の気持ちでいっぱいだ。

（あ、でもわたしは機械みたいに何か役に立つというわけではないから、機械よりぜんぜんだめね）

「そろそろ昼餉(ひるげ)ですね。窓、閉めましょうか」

風はまだ暖かい。このまま外の空気に触れていたいが、また朝方のように咳が止まらなくなったら困る。

閉めてもらおうと口にしかけたその時、視界の隅に、一閃(いっせん)の光がよぎった。

何かしら、と庭に目を向けるなり、小夜は、小さく声を上げる。

「どうしました？」

「あ、鳥が」

「鳥？」

八重が小夜の視線の先を追うが、その時には木の葉の陰に隠れて見えなくなってしまった。

「見えませんねぇ。どんな鳥だったんですか？」

「初めて見る鳥で……、お日様の光のような」

「光？　金ぴかの鳥ってことですか？」

うなずく間にも、小夜の目は鳥が隠れた辺りに目が釘付けだ。

「金ぴかの鳥なんてご利益ありそうですねぇ」

そんなことを言う八重に、小夜は思わず小さく声を上げて笑う。八重は再度鳥を見つけようとするも、やはり姿は見えない。

「昼餉の用意をしてきますね。少しお待ちください」

「あ、お願いします」

結局窓は開けたまま、八重は部屋を出て行った。その背中を見送ったあとで、小夜はもう一度外に目を向けると、水場に件の鳥の姿があった。

目の錯覚ではない。頭から尾羽、爪の先に至るまで、金色に輝く鳥が、確かにいる。

(わぁ……なんてきれいな鳥だろう)

全身金色だなんて、今まで見たことがない。

丸い形の頭に頑丈そうな嘴、羽は艶やかだ。全体の形をよくよく見れば、日常目にする鳥とそっくりなことに気づく。

「色は全然違うけど……カラスに、そっくり」

カラスもよく庭にやってくる。ぴょんぴょんと跳ねるように歩く様は可愛いし、賢いところも小夜は気に入っていた。

(金色のカラスさん?)

目が離せなくて、食い入るように見入っていると、ふっ、と金色カラスが水場から顔を上げ、そして小夜へと目を向けてきた。

「……！」

目までも金色だ。

その金色の目が、じっと小夜を見つめる。

（八重さんはご利益って言ったけど……本当に神様から遣わされた鳥さんじゃないかな。きれいってだけじゃなくて、すごく神々しい）

金色カラスはしばらく小夜を見ていたが、やがて羽を広げると空へと飛び立つ。

「あっ」

小夜は窓に掌を当てて顔を寄せる。すると金色カラスは、バサリと羽音をさせるや否や、小夜に向かって飛んできた。

「……！」

ぶつかる！

驚いて思わずぎゅっと目を閉じるが、衝撃はない。

そのことを不思議に思って恐る恐る目を開けると――ほんの一寸ほどの幅の窓の桟に器用に乗った金色カラスが、間近で小夜をまじまじと見ていた。

（まさか、こんなに近くに鳥さんが来てくれるなんて……）

このカラスは人が怖くないのだろうか？　怖がるどころか、むしろ小夜を興味深げに見据えてくる。

「……えっと、金色カラスさん」

カァ。

まるで返事をするかのように、金色カラスが鳴いた。

小夜は寝間着の浴衣の袷を整えると居住まいをただす。そして小さく頭を下げた。

「こ、こんにちは。金色カラスさん」

カァ。

やっぱり返事をしているようにしか思えない。

小夜は驚きながらも、心の底から笑い出したいような、愉快な気持ちになった。

「まるでわたしの言葉がわかるみたい。ええと、金色カラスさん、って本当にカラスさんなのかしら？」

その問いには一拍黙り込み、だが先刻より小さな音量で、カァ、と鳴いた。

「カラスさんだけど、少しカラスさんとは、違う……って感じかしら」

金色カラスは左に頭を傾げた。その姿はとても愛らしく、小夜はにっこり微笑んだ。

「金色カラスさん、きれいね」

彼我の距離は八寸程度だ。窓ガラス越しとはいえ、こんなに近くで鳥を見たことがない小夜は、興味に抗えず、控えめに頭から嘴、羽、尾羽へと視線を滑らせる。

近くで見ても、やっぱりまばゆいばかりの金色で、まるで陽光を身にまとっているかのような美しさだった。

尾羽から足先へと視線を向けたその時、急に空に向かって羽ばたいた。

「あっ」

慌てて身を乗り出すも、金色カラスはその場から去ってしまった。

「小夜お嬢さま、昼餉の用意ができましたよ。――あら、どうなさったんですか？」

「あ、……鳥を見ていて」

「さっきの金ぴか鳥ですか？」

今見た金色カラスのことで心をいっぱいにしながらも、小さくうなずく。

（また、来てくれるかな）

来てほしいな。

それは久しく感じたことのない、小夜の心からの望みであった。


小夜の望みはすぐに叶（かな）った。

金色カラスは、その翌日にまた来てくれたのだ。

「わぁ」

昨日同様、ちょうど昼餉の少し前の時刻だった。金色カラスは最初に水場で喉を潤すと、今度は餌場に向かった。

鳥たちが食べやすいように、高さ二尺ほどの木の杭を地面に差し、その上に丸い盆を固定させている。そこに鳥の餌である稗や粟を置いているのだが、昨日小夜は庭師に「少し多めに置いていただきたいのです」とお願いをしていた。そのため今朝は雀たちが大騒ぎで、その鳴き声を聞いていた小夜は、寝床で金色カラスの食べる分がなくなっちゃわないかなぁとちょっと心配になった。だが庭師が気を利かせて、つい十分ほど前にすっかり空になった餌をまた補充してくれていた。

金色カラスが餌を啄むのを、小夜はドキドキしながら見守っている。

（今日も、来てくれた）

嬉しい。

八重が言った『ご利益』だろうか。昨夜は常になく体調もよく、夜中に咳が出ることもなかったため、朝まで一度も目を覚まさずに熟睡することができた。

小夜は金色カラスに向けて手を合わせ、ありがとうございます、と頭を下げた。

顔を上げた時、金色カラスと目が合った。そして昨日同様、窓の桟まで飛んできてくれた。

今日は窓が開いていない。金色カラスは窓ガラスをコツコツ、とつついた。

「あっ、あの、割れて怪我をしたら困るから、それはやめてもらえませんか？」

こんなにきれいな鳥が怪我をするところなど見たくない。

すると金色カラスは嘴の動きを止めた。

（やっぱり言葉が通じているんじゃないかしら）

そう思わずにはいられなかった。

「……わたしの言葉、わかりますか」

金色カラスはじっと小夜を見る。

カァ。

「わ……」

これは、本当に、本当かもしれない。

小夜は頬を紅潮させて、窓へと掌を当てる。顔もさらに近くに寄せて、金色カラスに向けて微笑んだ。

「わたし、三葛小夜って言います。金色カラスさん、これからも来てくれますか？」

期待を込めて、望みを口にする。すると金色カラスはその場で羽ばたきをした。

カァ。

それは、今まで聞いたどの鳴き声よりも大きく、その場に響き渡った。

カラスとの約束だなんて、きっと誰が聞いても信じてくれないだろう。けれど金色カラスは、小夜との約束を守ってくれた。

その日以来、金色カラスは毎日小夜のもとを訪れてくれたのだ。時刻は大抵昼餉前。けれど小夜の部屋や庭に他の者がいる時は、午後にずれる。小夜以外の人間には姿を見られたくないのだろうか。

八重も最初こそ金色カラスを見たがったが、彼女がいる間は決して来ようとしない。数日経つうちに、八重はすっかり諦めたようだ。だから小夜も、八重に金色カラスのことを話すのは控えるようにした。

過ごしやすい陽気が続くようになり、部屋の窓を開ける時間が長くなっていった。『ご利益』なのか、本当のところはわからないけれど、金色カラスと出会って以来、小夜の発作は一度もなかった。

以前は、季節の変わり目には咳がひどくなったものだが、今年はすこぶる体調もいい。とはいえ、ベッドの上で上体を起こしている時間が少し延びた程度で、外に出たり遊んだりすることはできずにいるが。それでも、本を読む時間も増えたし、夜中に咳が止まらず八重を起こすような日もなく、小夜はそれが何より嬉しかった。

「金色カラスさんは神様なのかしら」

上げ下げ式の窓は、上方と下方をそれぞれ五寸ほど開けている。

昼餉はもう済んだが、今日はまだ金色カラスは来ていない。金色カラスの来訪を待ち侘(わ)びつつ、読んでいた本を閉じ、一旦横になった。

最近咳が出ないからといって無理は禁物だ。小夜は静かに目を閉じた。

微かな羽音がする。

ハッと目を開けると、なんと目の前に金色の嘴があった。

「……！」

目を瞬かせると、金色カラスは本棚の上に移動する。

「金色カラスさん」

毎日来てくれるが、金色カラスが部屋まで入ってきたことはない。窓が五寸ほど開いていたから、そこから入ってきたのだろう。

「こ、こんにちは。わたし眠ってしまっていました」

せっかく来てくれたのにごめんなさい、と頭を下げた時、羽二重の純白の布団の上に散らばるものが目に入った。

「わぁ……」

思わず声が上がる。

布団の上には、愛らしい桜の花が何輪も散らばっていたのだ。

坪庭には桜は植えられていない。だから、

「金色カラスさんが、持ってきてくれたんです、か？」

そういえば、と小夜は思い出す。

『そろそろ桜が咲きますね。庭にはありませんが、わたし、桜も好きなんです』

東京には桜の名所がたくさんある。先日、八重が飛鳥山公園の桜をほめていたことを、金色カラスに話して聞かせたのだ。

五枚の花弁がきれいにそろっている。散らさないように持ってきてくれたのか。しかも何輪も。

（嬉しいなぁ）

小夜は金色カラスへと視線を向け、ありがとうございます、と礼を言って笑顔を見せた。

高い本棚の上から、金色カラスは小夜を見下ろす。その時、廊下を歩く足音が聞こえてきた。すると金色カラスは上げ下げ窓の開いた上部から、外へと行ってしまった。そしてそのまま庭を越えて空へと高く飛んでいく。

「あ」

今日は話ができなかったと消沈するも、すぐに桜の花の贈り物に目を細める。

花は三輪。白に近い、ほんのりと上品な桜の花の色のように、小夜の頬も紅潮する。

（ありがとうございます。金色カラスさん）

小夜は大事に桜の花を手に取る。

(少しの間、こうして眺めて、そして枯れてしまう前に押し花にしよう)

金色カラスからの贈り物だ。ずっと持っていたい。

小夜は桜の花を包み込んだ両手を、そっと胸に押し当てた。

それから金色カラスは、時折小夜に『お土産』を持ってきてくれるようになった。桜の花を、小夜が大層喜んだからかもしれない。特に花が多く、ある時などコデマリの花を木の枝ごと持ってきてくれたのだが、金色カラスにとっては相当重かったのか、しばらくベッド脇にある棚の上でぐったりしていた。

「あの、とっても嬉しいのですけど、無理はしないでくださいね」

そっと金色カラスに指を伸ばしかけ、だが途中で止まる。

(撫でたいけれど……触れてもいいのかな)

金色カラスは神様が遣わされた特別な鳥に違いないと、小夜は思っていた。その特別な鳥に、むやみに触れてもいいのだろうかと躊躇したのだ。

だが、そんな小夜の逡巡を察したのか、金色カラスの方から、頭を差し出してきた。

そっと指先で触れる。

「わ……やわらかい」

想像では、もっとゴワゴワとした硬い感触かと思っていた。だが金色カラスの頭はするりと滑らかでしなやかな手触りだ。まるで丁寧に梳かした人の髪のようでもある。

小夜はそっと、そぉっと、何度も撫でる。

心なしか金色カラスも心地よさげだ。

（ずっと撫でていたいな）

暖かく穏やかな陽気。庭には次から次へと花が咲きほころんでいる。

ここのところ体調もよく、ぐっすりと眠れている。そして——優しい金色カラスがいてくれる。

生まれてまだたった六年。けれど小夜はその間何度も命の危機に見舞われ、苦しい日々を送ってきた。だからこそこのささやかな温もりがとても大事で、幸せだなぁ、と思わずにはいられなかった。


東京のソメイヨシノが散った数日後、父の清史郎が大阪から戻ってきた。

「お父さま、お帰りなさいませ」

玄関まで出迎えた小夜を見下ろす清史郎の目は、普段より心持ち見開かれている。

「何をしている、横になっていなければ駄目だろう」

厳しい声音に、小夜は小さく首をすくめる。清史郎はすぐに己の声音が強すぎたと思ったのか、ひとつ息をついて一歩後ろに控えていた八重へと目を向けた。

「旦那様、それが小夜お嬢さまはここ最近、とても調子がよろしいのでございます」

八重が慌てて口添えすると、訝しげに小夜へと視線を戻す。

小夜は一日のほとんどを横になっているため、寝間着である浴衣以外を身に着けることはまずない。だが今日は、長く家を留守にしていた父を出迎えようと、正月に贈られた薄紫色に白い小花がちりばめられた着物を着ていた。そのことにも今気づいたのか、清史郎は微かに目を見開いた。

「調子がいい？　本当に？」

そんなことは、小夜が生まれて以来一度もなかったのだから、清史郎が不審がる……というか、当惑するのは当然かもしれない。そう思った小夜は、おずおずとうなずいた。

「あの、本当です。喉の調子もよくて、咳もあまり出ておりません」

「医師はなんと」

小夜の主治医は五日に一度往診にやってくる。清史郎に問われた八重は、にっこり笑った。

「もしかしたら、成長に合わせて少しずつ改善していくかもしれない、と」

そう聞かされても、まだ少し疑うような眼差しの清史郎だったが、もう一度息をつくと小夜へと一歩歩み寄った。

「調子がいいとはいえ、今日は少し冷えるから、部屋に戻りなさい」

あとで部屋に行くから、と言われ、小夜はおとなしくうなずいた。

踵を返したその時、パタパタと忙しない足音が近づいてきた。

下働きをしている女中のひとりだ。

「旦那様、辰吉様が参られました」

その名を聞いた清史郎はわかったとうなずいた。

「八重、小夜を部屋に」

八重のうなずきを見てすぐに、清史郎は女中とともに客室のある洋館へと向かった。

「……叔父さまはなんのご用事かしら」

「さあ、なんでしょうねえ。辰吉様は高崎の工場を任されているんでしたよね」

「ええ。前にお話をうかがった時には、富岡製糸場に並ぶ規模の、大きな工場だとおっしゃっていました」

「あの辺りは養蚕が盛んですからね。生糸の生産もこの辺りじゃあ随一だと友子さまが自慢していらっしゃいましたものね」

辰吉は清史郎のすぐ下の弟で、友子は辰吉の妻である。幼少の頃この家に住んでいた辰吉は、結婚すると同時に銀座に居を構えたが、「やっぱりこの家がいいのだよ」

と相好（そうごう）を崩しながら何かと理由をつけては訪れる。

「あー！　小夜、いた！」

突然甲高（かんだか）い声で名を呼ばれた小夜は、小さく肩を震わせる。

首をすくめながら振り返ると、走ってきた人物と正面からぶつかってしまった。

「あっ」

衝撃に耐えきれず背中から倒れかかった小夜を、八重が慌てて支える。

「おっ、お嬢さま！」

へたり込みそうになる小夜を、ぶつかってきた人物はまじまじと見据えた。

「なんだ、起きてるから元気かと思ったら、やっぱりひよわねぇ」

ちょっとぶつかったくらいで、と唇を尖らせるのは、小夜と同年代の少女だ。

「し、修子（しゅうこ）さん……、こんにちは」

か弱く物柔らかな印象を抱かせる小夜と正反対で、生命力に満ちた大きな瞳の少女は小夜の挨拶につんと顎（あご）を上げた。

「こんにちは。小夜さん」

少女——修子は、辰吉の娘で、小夜とは従姉妹（いとこ）の関係にあたる。年齢は小夜と同じ六歳だ。

「あら、いい着物じゃない」

父親の辰吉についてよく家に来る修子と会う時は、大抵小夜は自室で横になっている。そのため寝間着の浴衣姿でしか会ったことがなかったからか、修子はしげしげと頭からつま先まで視線を向けてきた。

ありがとうございますと礼を言ったあとで、小夜は控えめに修子に目を向けた。

「修子さんは洋装なのですね」

白い綿ブラウスに襟元に赤いリボンをつけている。下衣は襞のある膝下のスカートだ。

「ええ、今年から通っている小学校の制服は洋装なのよ。いずれ日本人は洋装を着るようになるでしょうから、家でも洋服でいなさいってお母さまがおっしゃったの」

「よく似合っています」

修子は当然、とばかりにふふん、と笑う。

「小夜は小学校には通わないの？」

「……はい」

「あ、そうだったわね、小夜はびょうじゃくだものね」

修子に悪気はないのだろうが、歯に衣着せぬ物言いに何も言えず、小夜はただ自身の病弱さに吐息をかみ殺すことしかできない。

「修子、何をしているの。こちらに来なさい」

「あ、さよださよだー！」

うつむきかけた小夜の耳に、細いが厳しい声色の女性と語尾が跳ねる陽気な子供の声が飛び込んできた。

子供は先刻の修子同様に駆け寄ってくる。

「いつもねてばかりいるのにおきてるなんてヘンなの！」

遠慮なく顔を突き出して小夜を覗き込んでくるのは、修子にそっくりな顔立ちの男児だ。

「こ、……公一郎さん、こんにちは」

修子の一つ下の弟、公一郎である。さらに公一郎の背後から、ほっそりとした体軀の和装の女性が、微かな衣擦れの音とともに近づいてくる。

「友子おばさま、こんにちは」

辰吉の妻であり、修子、公一郎の母である友子は、ちらりと小夜を見下ろすと、そっけなく挨拶を返した。

少女のように華奢な友子は、美しい藤の花が描かれた、手描き友禅を身に着けている。新緑色の美しい石に、周囲にはまばゆく輝く宝石が散りばめられ帯留めは、翡翠と金剛石だろうか。小ぶりながらも目を引く一級品だ。

友子は我が子たちに順に目を配ると、行きますよ、と踵を返した。修子はおとなしく従ったが、五歳の公一郎は母と姉を追い越すや否や、声を上げながら廊下を走って行ってしまった。

「追いかけて」

「は、はい……！　公一郎坊ちゃまお待ちください！」

付き従っていた女中は慌てて走っていくが、気難しく眉間にしわを寄せた友子は、修子とともに静かな歩調で洋館へと向かった。

「小夜お嬢さま、部屋に戻りましょう」

三人を見送っていた小夜は、八重の誘いにうなずきかけ、だが、

「わたしもおじさまにご挨拶をしてこようと思うのだけど……駄目（だめ）かしら」

父には部屋に戻るよう言われている。だが普段のように床に臥（ふ）せているわけではないのだから、叔父に挨拶はしておきたい。

八重は逡巡したものの、すぐににっこり笑ってうなずいた。

小夜と清史郎が普段生活をしているのは平屋の日本家屋だが、来客用に二階建ての洋館が併設されている。

清史郎の仕事柄国外からの客も多く、また政府要人らとも会話の機会が多い。洋館は清史郎の仕事場のひとつということで、小夜が足を運ぶことはほとんどなかった。

「小夜お嬢さま、履物を」

足元に置かれた履物を履くと、洋館へと足を踏み入れる。ここから先は、部屋の中でも靴を脱がないために、上靴が必要になるのだ。

(こちらに来るのはどれくらいぶりかしら)

覚えていないくらい前のことだ。そのため自宅ではなく見知らぬ他人の家の中を歩くような、少し不思議な感覚を覚える。

洋館の廊下には隙間なく絨毯が敷かれており、足音を吸い込む。

広く取られた玄関ホールから見て、すぐ右脇に六畳の部屋がある。面会者に同行した家族や下働きが控えている部屋だ。その隣が客間になる。広さ二十畳ほどあり、部屋の調度品のほとんどは海外から取り寄せたものだった。

観音開きの大扉はキッチリと閉まっており、物音ひとつ聞こえてこない。

(お仕事の邪魔にならないよう、ご挨拶だけしてすぐに部屋に戻ろう)

一呼吸したあとで扉を叩こうとしたその時、部屋側から扉が開かれた。

「あっ」

扉を叩くべく握った拳が空を切り、部屋から出てきた人物にぶつかってしまった。

「ああ……っ、す、すみません！」

慌てて小夜は頭を下げる。

「小夜」

部屋にいた清史郎が足早に進み入り、小夜の隣に並んだ。

「娘が大変失礼をいたしました」

父もまた頭を垂れるのに気づいた小夜は、さらに深く頭を下げた。

（どうしよう……。叔父さま、じゃない？）

訪問は叔父家族だけなのかと思っていたのだが、目の前にいるのはどうやら違う人物らしい。

「子供の拳だ。気にしないで」

軽やかな声音とともに、小夜の頭に何かが触れた。

（……え？）

何か、が人の手であると察した次の瞬間、おろしたままにしていた髪をかき混ぜられた。

「あ……⁉」

驚いて思わず顔を上げた途端に、小夜は息をのんだ。

漆黒の――まるで夜の闇を溶かし込んだような黒い瞳が、小夜の目を覗き込んできたのだ。その闇のような瞳の持ち主は、じっと小夜を見つめ、そうして不意に唇の端を大きく引き上げた。

「素晴らしく美しい髪だねぇ。まさに烏の濡れ羽色というやつだ」

「……あ、ありがとう、ございます」

目の前に立つ人物こそ、黒々としたきれいな髪色をしている。緩やかに波打つ癖毛で、ふわふわと柔らかそうだ。

「あの……」

小夜の髪を握り込んだり梳いたりしている人物に、出来たら放してもらえないだろうかと目で訴えるが、そっくり無視される。

「うん。本当に美しい。十年後が楽しみだね、三葛さん」

清史郎はわずか……ほんの微かに目を伏せたが、すぐに礼を口にした。

頭を上げた小夜は恐る恐る室内に視線を向けた。

父、清史郎と、叔父の辰吉、さらにその隣に四十代と思しき壮年の男性、それから小夜の目の前にいる二十歳前後の青年の四人が部屋にいた。

「青吾、まだ話は終わっていない。座りなさい」

「僕は失礼しますよ、父上。こちらでの予定より先に約束がありましたのでね」

「青吾」

壮年の男の叱責を孕んだ呼び声にも、青年はまったく動じず、飄々と肩を竦めた。

「余所様の前でそんな声をあげるのはいかがなものかと思いますが？」

そう言って青年は小夜の頭から手を離すとそのまま肩へと滑らせ、ぽんと押す。

「あっ」

小夜がよろけるように部屋に入るのと同時に、青年は身軽な足取りで廊下に出た。そしてひらひら手を振ると歩いて行ってしまう。

「三葛さん、辰吉君、見苦しいところをお見せして申し訳ない」

苦々しくため息をついた男性に、清史郎は努めて穏やかに、首を横に振った。叔父の辰吉はといえば、人好きのする柔和な顔に、にこにこと笑みを浮かべる。

「いやあ流石（さすが）は男爵のご子息であられる。十六にしてすでに堂々とした立ち居振る舞い！　将来が楽しみですな」

長身痩軀（ちょうしんそうく）でともすれば神経質に見られるような無表情の兄清史郎とは逆に、弟の辰吉は顔立ちも体型もふっくらとしており、いつも笑みを浮かべている。口も上手（うま）く、話していると相手はつい無防備になって、知らず胸襟（きょうきん）を開くのだと、以前清史郎が言っていた。

身長差も五寸ほどあり、他人が見たら兄弟とは思われまい。

「事業について今のうちに少しでも触れさせておいた方が良いであろうと思い、連れてきたのだが、失礼なことをした」

男性は改めて謝罪を口にすると、次いで小夜に目を向けてきた。

「息子が失礼をした。驚いたであろう？」

「はい、あっ、いいえ」

声音を和らげてそう言う男性に、うなずきかけ、だが慌てて首を振った。

「娘の小夜です」

「小夜です。ようこそお越しくださいました」

丁寧に頭を下げる。

「小夜、このお方は九条男爵様だ」

叔父の紹介に、小夜は目を瞬かせる。

「くじょうだんしゃくさま」

「今度新しい商品の開発を共同で行う予定なんだよ」

「そう、ですか」

うなずいた時に、視界の隅に見えた父の表情が、常よりわずかに硬い。

（……怒っていらっしゃるかな）

部屋に戻れと言われていたのにここまで来てしまったことを、小夜は後悔する。だがその間にも、口が滑らかな叔父のお喋りは続いていた。

「鹿鳴館時代には定着はしなかったが、これからは女性もどんどん洋服を着るべきだと僕は思うんだ。だが外国産の洋服は高価だ。国内で作られる洋服はといえばどれもオーダーメイドで、とても市井の人々の手に入る代物ではない。そこで手軽に手に入れられる婦人服、子供服を日本国でも作ろうという話になってね。量産すれば単価も抑えられる。安くなれば市民にも手に取りやすい。だろ？」

「あ、はい」

「それで、高崎の製糸場の隣に工場を増設し、そこで試作品づくりをしようという話になって――」

「その辺りで止めてくれ」

滔々と話し続ける辰吉を、清史郎は制した。

「小夜、部屋に戻りなさい」

「はい」

小夜は今一度頭を下げた。

「くじょうだんしゃくさま、失礼いたします。おじさま、また後程お話をお聞かせくださいさい」

挨拶の後で、小夜は部屋を辞した。

閉まった扉の前で、細く長い息をつく。

「お嬢さま、大丈夫でしたか？」

「あ、はい。大丈夫」

部屋の外で控えていた八重が足早に歩み寄ってくる。

「少しお顔の色が優れませんね。部屋で休みましょう」

「ちょっとびっくりしてしまっただけだから、大丈夫です」

体調が悪いわけではないからと言うと、八重はホッとしたように目を細めた。

「……お父さまを驚かせてしまったわ。もしかしたら、怒らせてしまった、かも」

しょんぼりとうつむく小夜に、八重は大丈夫ですよぉ、と鷹揚に笑う。

「お嬢さまが元気でいらっしゃることは、清史郎さまにとってこの上ない喜びでございましょう」

「……」

「お嬢さまが元気になられたら、学校にも通えるようになるかもしれませんね」

先刻従姉の修子が話していたことを思い出す。

本来ならば修子と同年の小夜も、今年小学校に入学する年齢だ。だが生来病弱なこともあり、小夜は自分が学校に通えるとは今まで一度も考えたことがなかった。このまま外に出ることなく、家の中で一生を過ごすのだ、と。けれどももしかしたら、医師の言う通り、少しずつ体力がついて、体調も良くなって、寝込むこともなくなっていくかもしれない。そうすれば気兼ねなく外に出かけることもできるかもしれない。

(……元気になれば)

淡い願い。けれど本当は、強い願い。

元気になりたい。健康になりたい。

小夜は歩を進めながら、そっと胸元に掌を押し当てた。――けれどそんな小夜の願いは、すぐに砕かれる。

その日の晩、小夜は久しぶりに発熱してしまった。

激しい咳と、呼吸すらままならない胸と喉の壮絶な痛み。

止まらない咳に苦悶（くもん）の表情を浮かべながら、一晩中介抱をしてくれる八重への申し訳なさに、心の中で謝罪を繰り返していた。

（わたしは、あとどれくらい生きていられるのだろう）

己に未来などあるのだろうか。

小夜は男爵家の子息の言葉を思い出す。

十年後が楽しみだね、と言われた時、父は言葉を詰まらせていた。

果たして娘は、十年後にも生きてここにいるのだろうか。

父はそう思ったに違いない。娘の成長した姿を思い描くことができなかったのだ。

悄然（しょうぜん）とうなだれた小夜の脳裏に、一閃の光がよぎる。

（……あ）

まばゆい羽、透徹した双眸（そうぼう）。頭から尾羽まで全身が金色に包まれた――。

（金色のカラス、さん）

人の言葉が理解できているような行動を取る金色のカラスを、いつしか小夜は神から遣わされた鳥だと信じていた。

金色のカラスの姿を思い浮かべた時、ほんの少しだけ苦痛が和らいだ気がした。

（会いたい、な）

明日も来てくれるだろうか。

寝込んでいたら心配させてしまうかもしれない。

元気でいたい。元気でいなきゃ。

懸命に息を整えながら、小夜は強く願う。

（明日も、会いたい）

金色のカラスは、今の小夜にとっては生きる縁であり、何よりも大切な存在となっていた。

熱はなかなか下がらず、咳も朝夕の別なく頻繁に出ていたため、部屋の窓はきっちりと閉められ、窓掛けも開けられずに数日が過ぎた。

八重にせめて窓掛けを開けて庭を見たいと言いたかったのだが、五月も間近という この時季には珍しく、気温の低い日が続いているという言葉に、わがままは憚（はばか）られた。

もしかしたら金色のカラスが来ているかもしれない——そう思うと焦燥感が胸に迫

る。だが調子は三日経っても、五日過ぎても、良くならなかった。ようやく体調が快復したのは、それから十日後のことだった。

「本当に良かったです！　今日はとってもいいお天気で風もありませんから、窓を開けてみましょうね」

「はい！」

嬉しくて高鳴る胸を押さえながら、小夜は深くうなずく。

寝台の上で上体を起こすと、八重はすかさず寄りかかれるよう背中に筒状にした布団を差し込む。そうしてから窓掛けを開け、上げ下げ窓を引き上げた時、八重が、あら、と声を上げた。

「まあまあお嬢さま、これ見てくださいな！」

「え？」

八重が指し示したのは、窓の桟だ。幅一寸ほどの細い桟の上に、キラキラと輝く小石がいくつも並べられていた。

「……これは」

小夜の親指の爪ほどの大きさの石は、宝飾店で販売しているような宝石というわけではない。道端や河原に落ちているごく普通の石だが、その色の多彩さに小夜は目を瞠った。

メノウのように朱色と白が混ざった石や、摺りガラスのような半透明の白い石、先日友子が身に着けていた帯留めのような新緑色の石、そして銀色の粒子が散りばめられた石……どの石も目を奪われる美しさだ。

（これ……もしかして）

「前にお嬢さまがおっしゃっていた金ぴかカラスからの贈り物でしょうかねえ？」

「……多分、いいえ、きっとそうだと思います」

八重は石を落とさないよう、慎重に手に取ると、小夜の小さな掌にそっと置いた。

石ひとつひとつをつぶさに見つめる。

（きれい……）

なんて素敵な贈り物だろう。小夜の眦(まなじり)にじんわりと涙がにじむ。

石の数は九個。部屋の窓が開けられなかった日——金色カラスに会えなかった日数分ある。

金色カラスは、毎日やってきては、ひとつずつ置いていってくれたのだろう。

「庭師の純(じゅん)さんに、今日の鳥の餌は豪勢に水菓子にしてくださいなって伝えてきましょう」

金色カラスの粋(いき)な贈り物にいたく感心したのか、八重はそう言って一度部屋を出て行った。

小夜は八重の後ろ姿にふふっと笑みがこぼれる。今一度掌の石を見下ろした時、まるで小夜がひとりになったのを見計らったかのように、羽ばたきが聞こえてきた。

外に目をやった刹那(せつな)、疾風の如(ごと)き素早さで、金色の閃光が部屋に飛び込んできた。

「あっ」

金色の閃光——小夜がずっと会いたかった金色のカラスだ。

上半身を起こした小夜の目の前に降り立った金色カラスをよくよく見ると、嘴に何か咥(くわ)えている。それを布団の上にそっと落とした。

コロン、と転がるのを目で追う。小夜の艶(つや)やかな髪のような色の丸い石だ。

「……ありがとうございます。毎日、来てくださっていたんですね」

掌を広げて、握り込んでいた石を見せるが、金色カラスは石には目もくれず、じっと小夜を見つめる。

「少し、体調を崩していて……窓も開けられず、ごめんなさい」

頭を下げると、小夜の長い髪が布団の上に零(こぼ)れ落ちる。

その髪を金色カラスは嘴でひょいと摘まんだ。

「あ」

優しく引っ張られて視線を上げると、金色カラスはすぐに髪から嘴を離した。

まるで、謝罪はいいからうつむかず顔を見せてくれと言われたような気がして、小夜は戸惑う。だがすぐに、唇をほころばせた。

「金色カラスさんと一緒にいると、なんだか人とお話ししているような気がします」

不思議と金色カラスが望んでいることがわかる……気がする。自分の思い違いかもしれないが、そう思い込んでいる方がきっと楽しい。

「みんなとてもきれいな石ですね。ありがとうございます。大切にしますね」

確か、母の持ち物で小さな巾着袋があったはずだ。金糸で花の刺繍が施された巾着袋は、使ってしまうのがもったいないくらい綺麗だったから大事にとっておいたのだが、それに入れて、身に着けていよう。

石を握り込んだ手を胸に押し当ててにっこり笑うと、金色カラスも喜んでいるかのように、カァ、と一声鳴いた。

金色カラスとの出会いは、小夜の日々にあたたかな彩を灯してくれた。それまでは、頻繁に体調を崩す夜を迎えることが怖かったし、来ないかもしれない朝に希望を持つこともできなかった。けれど今は違う。金色カラスが去ってしまった後は寂しさが募るが、明日になればまた会える——灰色に霞んでいた未来に、一筋の希望となって小夜を支えてくれていた。

希望を与えてくれた金色カラスに、心から感謝する。

だが一時は快方に向かったと思われた小夜の体調は、その後良くなることはなく、以前同様寝込んだり夜中に咳が止まらず一晩中苦しい思いをしたりすることも多かった。それでも、金色カラスに会う以前と比べれば、心の持ちようは雲泥の差だった。

夏になり、小夜が楽しみにしていた天竺牡丹を今年も見ることができた。強い日差しの下、生き生きと葉を広げ鮮やかな色の花を咲かせている。次々と咲きほころぶ花々を背景に、夢のように美しい金色カラスが毎日来てくれる。

きっと病が治ることはないのだろう。長くは生きられないかもしれない。それでも、小さな喜びを毎日感じることができるのなら、それはじゅうぶん幸せなのだろうと小夜は思っていた。けれど幸せだからこそ不安も常に小夜の前に横たわる。

（金色カラスさんはこれからも来てくれるかしら）

秋になり、日ごと気温が下がっていくにつれ、そんな心配を抱くようになっていた。

いつまで来てくれますか？　これからも来てくれますか？

訊きたいけれど、口にしてしまったら金色カラスを困らせないだろうか。そう思うと、言葉は小夜の胸の奥底へと沈んでゆく。

（金色カラスさんは男の子なのかな、女の子なのかな。カラスさんはけっこん、って何歳頃するんだろう？）

もしかしたら適齢期、という年頃かもしれない。お嫁さんかお婿さんを迎えたら、もう小夜のもとへは来てくれなくなるかもしれない。

結婚相手と、それから子カラスたちと来てくれるなら嬉しいけれど……、とそう思った瞬間、ほんの少し胸がもやもやした。

小夜は胸元に掌を押し当てる。

（なんだろう、これ）

だが小夜は、このもやもやの意味をすぐに悟った。

（金色カラスさんがほかに仲のいい人……じゃなくて、カラスさんがいたら、さみしい）

小夜にとって金色カラスとの出会いは奇跡のようなものだ。大切な、心の奥にしまっておきたい宝物でもある。それが、自分ではない対象に、あの優しさを向けることを、さみしいと思ってしまう。

「……なんだろう、わたし嫌な子だわ」

金色カラスを独り占めしたいなんて、神様から遣わされた鳥に対して失礼だ。

ふと、窓の外に目をやる。

今日は朝から風が強い。もしかしたら台風が来るかもしれませんねと、朝八重が心配そうに言っていた。

金色カラスが来訪する昼餉前にはまだ時間がある。夏に咲いていた花々も、皆そろそろ寿命を終えようとしていた。

季節の変わり目は、いつも不安が押し寄せてくる。

——来年もまた、この花たちを見ることができるだろうか、と。

そっと庭から目を逸らし静かにうつむく。すると、さほど間を置かずに、コツン、と窓に硬い何かが当たる音がした。

「あ、……金色カラスさん」

小夜は急いで笑みを浮かべた。

今日は強風のため、窓は閉められている。窓越しでも、会えれば嬉しい。

「風が強いですね。大丈夫ですか？」

か細く小さな声だが、ちゃんと聞こえたようだ。カァ、と鳴いた。

「台風が来るみたいです。気をつけてくださいね」

カァ。

「……今日も来てくれてありがとうございます」

窓に掌を当てて、そっと顔を寄せる。窓越しだから、もっと近くで金色カラスを見たかった。その時、金色カラスが上空へと顔を向けた。つられて小夜もどんより曇った空を見上げると、そこには一羽のカラスが飛んでいた。

金色カラスとは違う、ごく普通の黒いカラスだ。黒カラスはふわりと餌台に着地した。だが置かれている餌には目もくれず、金色カラス、それから窓越しの小夜をじっと見ている。

「お、お友達ですか？」

以前は黒カラスも庭に来て、スズメやメジロたちと一緒に餌を啄んでいた。だが金色カラスが来るようになってからは、ほかのカラスは一度も見ていないことに、小夜は今更ながら気づいた。

早春以来、久しぶりに見る黒カラスだ。

金色カラスが黒カラスを見たのは、ほんの二、三秒という短い時間だった。すぐに小夜へと視線を戻すが、その時黒カラスが、ガァ、と鳴いた。

（カラスさんによって、鳴き声がずいぶん違うのね）

金色カラスの鳴き声は、スッとまっすぐに耳に飛び込んでくるような澄んだ声だ。個体により違うのか、それとも年齢によって、だろうか。黒カラスは金色カラスより体格がいい。年嵩（としかさ）なのだろう。

黒カラスがもう一度鳴く。すると金色カラスは突然羽を広げ、飛んでいってしまった。黒カラスも、慌てたように飛び立ち、金色カラスを追っていった。

「あ」

今日はほとんど話せなかったことに消沈するが、仕方がない。

あの黒カラスは、やはり金色カラスの友達なのかもしれない。そう思うと、また先刻のもやもやを感じるが、小夜は頭を振って『嫌な感じ』を振り払った。

改めて外を見る。小夜の穏やかならぬ心の内のように、一層風が強さを増していた。


風は刻々と強まっている。昼過ぎには雨も降り出し、暴風と強い雨が窓を容赦なく揺らす。八重をはじめ使用人たちは、台風に備えて忙しく走り回っていた。

そんな中、小夜は寝台の上で硬く身を丸めていた。昼餉を食べた後から調子を崩していたのだ。特に頭痛がひどい。こめかみを脈打つ音が頭に響き、目の縁に痛みが広がってゆく。

いつもの感覚だから、熱が上がってきているとわかっていたが、忙しい八重を呼ぶのは憚られた。こうして身を丸めてじっとしていれば、痛みは少しだけ楽になる。

（がまん、……がまん）

静かに息を吸い、少しでも痛みを逃すよう細く吐く。

朦朧となりながらも、じっと我慢していた小夜だったが、様子を見に来た八重に、すぐに気づかれてしまう。

「お嬢さま、大丈夫ですか？」

額に触れる八重の掌が、冷たくて気持ちいい。八重は熱があることを知ると、すぐに氷嚢（ひょうのう）と熱さましの薬を用意してくれた。

「我慢なんてしないでくださいな」

「ごめんなさい……」

「まあ、我慢強いのは、数多い小夜お嬢さまの美点のひとつですけどね」

小夜は小さく口元を綻ばせる。八重が元気づけてくれていることが分かったからだ。

「び、……てん？」

「美点でもあり、欠点でもありますねぇ。我慢強すぎてこっちがびっくりするくらいですから」

ええ、どっち？　とおかしくなってさらに笑みが零れる。だが次の瞬間、咳き込んでしまった。止まらない咳に、八重は背中をさすってくれる。

（……美点なんてないなぁ。欠点ばかり）

身体は弱くても心は負けたくない。それでも身体が弱っている時は、心までも弱ってしまう。負の連鎖を止める術（すべ）を、小夜は持たなかった。

（風、やんだ？）

ずっと聞こえていた風の音がしないことに、小さく首を傾げる。

（台風、もう過ぎてしまったのかしら）

少し前まで窓をガタガタと揺らしていた風の音が突如として収まり、不気味なほどの静けさが、小夜を不安にさせる。

「……八重さん？」

うとうとするうちに、すでに夜を迎えていた。暗い部屋の中、人の気配を探るが、誰もいないようだった。氷嚢がないから、新しいものに変えるために部屋を出たのだろう。

今、何時だろう。時間の感覚がない。夜中のような気もするし、あるいは日が暮れたばかりかもしれない。

また咳がこみ上げてくる。喉はひどくひりついていて、咳をするたびに痛みが増す。我慢しようと、腹に力を入れるが叶わず、続けざまに咳が溢れ出て小夜を苛んだ。

生理的な涙が小夜の青ざめた頬を伝い、布団に小さな染みを作る。

「……っ、ぅ……っ」

腹部に力を籠め続けたせいで、喉だけでなく全身に痛みが襲う。小夜は華奢な自らの身体を抱きしめて、ただひたすら耐えることしかできなかった。

意識を失いかけた小夜の耳に、小さな音が忍び込んできた。

「……、……？」

部屋の扉の方からではない。窓側から聞こえてきた音を不思議に思って、小夜は涙ににじむ双眸を微かに開いた。

次いで、バサッと耳慣れた音が聞こえる。

（……こ、れ）

鳥の羽ばたきの音だ。春以来、毎日のように聞いた金色カラスの羽ばたきの音が、小夜を覚醒へと導いた。

「金色、カラスさん？」

部屋の窓はしっかりと施錠されていたし、窓掛けも引かれている。それなのに、自分以外の何者かの息吹が確かに伝わってくる。小夜はそれを、金色カラスに違いないと確信していた。

果たして小夜の目に飛び込んできたのは、自ら発光し、黄金色に輝くカラス――小夜が慕う金色カラスに他ならなかった。

（なんて神々しい……。まるで光の化身）

金色カラスが羽を動かすと、不思議なことに寝台の横の棚の上に置かれていた洋燈が、音もなく灯った。

「あ……っ」

明かりは暗がりに隠れていた、黒いカラスの姿も晒す。

「く、黒カラスさん、もいらしたんですね」

呟いた刹那、小夜は喉からあふれ出る咳を止められず、身を丸めて堪えた。羽音とともに金色カラスが寝台までやってきて、そっと羽先を小夜の唇から喉へと滑らせた。するとどうしたことか、咳はぴたりと止まり、全身を苛む痛みもまた、スゥ、と何処へか失せてゆく。不可思議な状況に大きく目を見開いて金色カラスを見つめると、なぜかふい、と顔を背ける。

「あ、ありがとうございます」

金色カラスが、咳と痛みを祓ってくれたに違いない。そう確信した小夜は寝台から上半身を起こすと、深く頭を下げる。だが金色カラスからの反応はない。

「これは、とてもいい色」

突然、聞き慣れない声がした。

「……え？」

小夜は慌てて頭を上げて、周囲を見回す。寝台脇の洋燈は、部屋全体を見渡せるほど明るくはない。暗がりに誰かが潜んでいるのかと身を強張らせた小夜だったが、

「間近で見ればさらに美しい。これは僥倖ですぞ！」

「え、……ええっ⁉」

（黒カラスさんが、喋っている……！）

たとえ金色カラスが神様から遣わされた鳥だとしても、そして小夜の言葉がわかっているように見えていても、鳥が話すなんて夢物語でしかないと思っていた。

だが黒いカラスは確かに喋っている。

（……ゆ、夢……？）

絵物語が大好きな小夜だが、決して妄想家ではない。物語を愛し、『こうなったらいいな』と願っていても、現実と混同する性格ではなかった。短い人生の中で何度も死の淵に立たざるを得なかった経験を持つからこそだ。

だから、

（夢だわ）

黒カラスが喋るということは、今自分は夢を見ているのだと、そう判断した。

だから施錠した窓から入ってきても、おかしいことではないのだ。

小夜はどこか浮かれているように見える黒いカラスから、金色カラスに視線を移した。

「金色カラスさん、黒いカラスさんは、もしかして金色カラスさんのお嫁さんかお婿さんですか？」

常ならば訊きづらいことだが、気になっていたことをこの際尋ねてしまう。夢ならないか。

ばこそだ。黒いカラスが（夢の中で）喋れるのなら、金色カラスもまた話せるのでは

「こいつは俺の血縁だ」

（喋った！）

ぶっきらぼうながらもそう告げた金色カラスを、小夜はキラキラとした眼差しで見つめる。

「あの、あの、金色カラスさんは、俺、ということは、男の子ですか？」

「……ああ」

「おいくつですか？」

「……十」

「十歳ですか……！　わたしは六歳です。来年の一月に七歳になります。お誕生日をうかがってもいいですか？」

「……この前」

聞けばちょうどひと月前に誕生日を迎えたという。

「十歳のお誕生日、おめでとうございます」

「……ありがとう」

「あの、それと……、お名前を、うかがっても？」

常の小夜らしからぬ積極さに、金色カラスの方が戸惑っているように見える。けれど夢の中とはいえ、金色カラスと会話できることが嬉しくてたまらなくて、夢中だったのだ。

だがその質問の答えが返ってくる前に、金色カラスと小夜の間に、黒いカラスがずい、と割り込んできた。

「お嬢さん、健康な身体が欲しくはないか？」

「――え？」

突然投げかけられた問いに、小夜は大層戸惑う。まじまじと黒いカラスを見……そこであることに気づいて、小さく声を上げた。

「脚が、……三本」

衝撃を受けながら、小夜は金色カラスに目を向ける。黒いカラス同様、金色カラスにもまた、三本の脚があった。

『金色カラスさんは、カラスさんですか？』

初めて会った時、小夜は金色カラスにそう訊ねた。その時金色カラスが躊躇したような様子だったことを思い出す。

カラスだが、少しカラスとは違う。そういう意味の躊躇だとその時小夜は察したのだが、よもや脚が三本あるカラスだったとは……！

だが今まで小夜は、金色カラスに脚が三本あることに全く気づかなかった。会っていたのは今日のように夜の暗がりの中ではない。明るい昼間だ。それなのに気づかないなんてあるだろうか？

金色カラスが隠していた？　それとも、夢の中だからこそ、こんなふうに突飛な姿になるのだろうか？

「お嬢さん、僕の話を聞いてる？」

「えっ？　あっ、す、すみません。びっくりしちゃって」

「まあ僕たち普通のカラスじゃないからね」

「普通のカラスじゃない、ということは……」

「それは、今はどうでもいいことだから、僕の話をちゃんと聞いてほしいんだけど」

「あ、は、はい」

小夜が神妙にうなずいたのを見て、黒いカラスは再度嘴を開く。

「健康な身体が欲しくはないか？」

「――」

「ほかの子供のように、自由に外に出て、飛んだり跳ねたり走ったりできる身体だ。欲しくないか？」

――それは、小夜が物心ついた時から欲していたこと。けれど決して手に入らないものだとわかっていたもの。

小夜はきゅっと唇を引き結び、硬くこぶしを握る。

「もし君が望むなら、健康な身体をやろう。ただし」

小夜がハッと顔を上げたその瞬間、黒いカラスは嘴を突き出した。

「その髪が条件だ」

「か、み？」

そう、と黒いカラスはうなずく。

「健康で、どんなに無茶をしても壊れない丈夫な身体と、その美しい黒髪を交換しよう」

「髪……」

小夜は誰からも「まさに烏の濡れ羽色だ」と賛辞される髪をしている。

この髪と、健康。

自分が健康だったら、八重たちに迷惑をかけずに済む。父に心配をかけずにいられる。未来への期待を信じさせてあげられる。十年後の姿も見せることができる。

（健康に――）

「……、たい、です」

「ん？」

黒いカラスは首を傾げて小夜を覗き込んでくる。

「わたし……！　丈夫な体になりたいです！」

心からの叫びを聞き、黒いカラスはカカと笑った。

「契約は相成った！　千明さま！」

刹那、部屋の中に嵐が生まれる。ゴウ、と吹き荒れる風は小夜の髪を巻き上げ、くしゃくしゃにする。強風に硬く目を閉じた小夜は、耳元で声を聴く。

「小夜。……小夜」

それは初めて聞く、小夜を呼ぶ金色カラスの声。優しい、透き通るような声に、小夜は胸を震わせる。声同様に、優しく髪に何かが触れる。

「小夜」

唐突に風がおさまった。と同時に、小夜は寝台に崩れるように倒れ込む。そしてそのまま意識を失った。


翌朝の目覚めは、これまで小夜が感じたことがないほど爽快だった。

調子がいい時でも、常に胸の奥に鈍い痛みが潜んでいる。けれど今朝は、その痛みがない。ゆっくりと上半身を起こしかけ……その時にも驚くくらい身体が軽かった。

「……？」

あまりにも体調がいいことを不思議に思う。首を傾げた小夜は、ふと、枕元に落ちていたあるものに気づいて、目を見開いた。

「……金色の、羽毛？」

ふわふわとした、まるで蒲公英（たんぽぽ）の綿毛のような羽毛だ。

「金色カラスさんの羽根、よね」

だが寝る前までは見た覚えがない。そっと手に取ったところで、

「小夜お嬢さま、おはようございます。お加減はいかがですか？」

扉を叩く音の後で入室してきた八重に、小夜はにっこり笑う。

「おはようございます。今朝はなんだかとてもいい気分です」

「それは良かっ……」

歩を進めてきた八重の足が、突然止まる。

「八重さん？」

八重は目を剝（む）いて小夜を凝視している。物心ついて以来、八重から今のような眼差しを向けられたことは、一度もない。

（な、に……？）

思わず胸に手を当てた小夜は、ふと、触れた髪に視線を落とす。

小夜もまた八重同様息をのんで大きく目を見開いた。

烏の濡れ羽色と言われ続けてきた小夜の美しい黒髪。見慣れたそれが、見たこともない髪色となっていた。

（見たこともない……ううん、これは）

よく見知った色ではないか。

呆然としながら、自らの髪を握りしめる。

小夜の黒髪は、金色カラスの羽の色——黄金色に変わっていたのだ。

ひとしきり診察をした主治医は、柔和な顔にわずかながら困惑の色を帯びつつも穏やかに笑みを浮かべた。

小夜が生まれた頃からずっと診てくれている馴染みの医者だ。

今は亡き祖父と同年である主治医は、小夜の髪を見た時こそ驚いていたが、すぐに普段通り柔和な表情で診察を始めた。

「特に異常はございませんな」

その言葉に、眉間にしわを寄せ様子をうかがっていた父清史郎は、さらに表情を強張らせた。

「この状態で異常はない、と?」

「然り。寧ろ普段と比べ明らかに状態が良いと申しましょう」

「は?」

清史郎は、寝台に横たわる娘に、咄嗟に目を向ける。

医者の言う通り、常に青白い顔色の小夜の頬が、今は子供らしくほんのりと紅潮している。瞼さえも重いと感じているような、伏せがちな双眸も、くっきりと大きく開かれており、病弱な子供にはまったく見えなかった。

「だが……、この髪は」

つい昨日まで青みを帯びた美しい黒髪だったはずが、一晩でまるで違う色になるなど、あるのだろうか？

そんな父の疑念を帯びた眼差しを受けて、小夜は小さく身を縮めた。

「一晩でこのような髪になってしまったと？」

主治医は清史郎の詰問口調に、小さくため息をついて首を横に振った。

「原因については、申し訳ないのですが私は答えを持ちません。――外国で悲劇的な処遇を受けた者が、一晩で髪が白髪に変わったという話を聞いたことはありますが、……まあ作り話かもしれませんが」

医師にもわからないと言われ、清史郎は信じられないというように緩く首を振る。だがそれも一瞬のこと、主治医に短く礼を言うと、帰るよう促した。

部屋を辞した医師がいなくなると、重い空気がその場を満たす。

（お父さま……）

小夜はドキドキする胸を押さえながら目を伏せた。

（金色カラスさんと黒カラスさんのこと……）

夢だと疑わなかった昨夜のことが現実だったなんて、小夜自身も信じられずにいた。けれど実際に小夜の黒髪は金色に変わっている。あれは本当の出来事だったのだ。だが今この場で、黒カラスが持ち掛けた『契約』のことを口にするのは、六歳の少女とて憚られた。そもそもカラスが喋って、健康な身体と髪の毛を交換しようと持ち掛けてきた、なんて言っても信じてもらえるだろうか？

「あの……」

迷ったまま、それでも沈黙に耐えきれず口を開くと、それまで黙り込んでいた清史郎が、ハッと娘に目を向けてきた。目と目が合い、だが父の視線はすぐに髪へと移る。その瞬間、清史郎の顔が歪んだ。

痛ましげな、それでいて、変わってしまった娘に対して、何をどうしたらいいのか、言葉をかけていいのかわからない……そんな躊躇を、清史郎の表情から受けた小夜は、自身もなんと言葉を続けていいのかわからずに口をつぐむ。

「……出かけてくる。八重、小夜を頼む」

「あっ、は、はい……！」

扉の横で控えていた八重が、大きくうなずく。清史郎は小夜を見ることなく部屋を出て行ってしまった。

「小夜お嬢さま、……お疲れではないですか？」

努めて明るい口調で、八重が寝台まで歩み寄ってきた。

「あ、大丈夫、です」

むしろ、横になっているのがもったいないくらい、身体の奥底から力が湧いてくる。うずうずとした衝動に抗えず、小夜は寝台から起き上がった。

いつもであれば、上体を起こす時ですら慎重に、身体に負担をかけないようゆっくりと動いていたのに、今日はこのまま飛び起きたいくらいだ。

『健康で、どんなに無茶をしても壊れない丈夫な身体』

と、黒カラスは言っていた。

（丈夫な身体……本当に？）

カラスとの『契約』によって、本当に手に入れたのだろうか？

試してみたい、という思いが湧いてくる。だがいきなり走り回ったり飛び跳ねたりしたら、周りの人たちを驚かせてしまうかもしれない。そう思いながらも、生まれて初めて知る「健康になったかもしれない自分」が、どれだけ動けるのか知りたくてたまらなかった。

「八重さん、あの」

「はいはい、なんでしょう？」

「お、お腹が、空いてしまって……」

そう言うと、八重は、まあ！　と頓狂な声を上げた。

「つい一時間前に朝餉をお持ちしたばかりですのに」

八重が驚くのも無理はない。昨日までの小夜は小食で、小さな椀に盛った白米を半分食べるのすらやっとという状態だったのだ。

「ごめんなさい」

「いいえ、では何か……そうですね、虎屋の羊羹をお持ちしましょう」

「お願いします」

「甘くて美味しいですよ。少しお待ちくださいね」

部屋でひとりになった小夜は、さっそく寝台から出ると、絨毯の敷かれた床に降り立った。

大きく息を吸い、その場で足踏みをしてみる。

（軽い）

少し動くだけで息切れをしていたのに、身体がとても軽い。

その場でぴょん、と跳ねてみる。二度、三度と繰り返すが、どこも苦しくない。

くるくると回って、部屋の端から端まで跳ねながら移動しても、楽しくなるばかりで、痛む個所などひとつもなかった。

（わたし、本当に、元気に……健康になった？）

小夜は嬉しさのあまり、両手を上げて大きく飛び上がった。

その時、庭にいた人物と目が合ってしまう。

庭師の芝田だ。

五十に近い芝田は寡黙な人物だった。表情もあまり変わらず真面目一辺倒なのだが、その庭師が動き回る小夜を目にして、ぽかんと口を開けている。

当然だ。生まれてから昨日まで、終始床に臥せっていた子供が、突然飛んだり跳ねたりしているのだから。その上この髪色だ。

庭師は目を瞬かせたのちに我に返った。慌てたように頭を下げるや否や、その場から足早に去ろうとする。

「あ……っ」

小夜は窓に駆け寄り、上げ下げ窓に手をかける。そして思い切って引き上げた。すると、これまで開けることができずにいた窓が、さほど力をかけずに上がったことに、当の本人がぎょっとしてしまう。

庭師はさらに仰天したようで、その場に立ちすくんでいた。

「あの……、ご、ごめんなさい、驚かせてしまって」

庭師は目を丸くしたまま、首を横に振った。

「いつも、お庭をきれいにしてくれてありがとうございます」

普段庭師と会話をすることはほとんどない。礼を言った小夜に、庭師はふっと表情を和らげた。そして再度頭を下げると、今度はゆっくりとその場から去っていった。

（びっくりさせちゃった……！）

どうしよう、と小夜は頭を悩ませる。

動いてみて確信した。黒カラスは本当に、小夜を健康にしてくれた。これだけ動いても、胸が痛くなることもないし、咳も出ない。それどころか、もっともっと動き回りたい衝動が湧き上がってきて、それを抑えるのに苦労するくらいである。いとこの修子や公一郎のように、自分も飛んだり走ったりできる身体になったのだ。

それは心の底から嬉しい。本当に嬉しい。

だが、病弱だった自分が突然健康になった時、周囲がどう思うのか、小夜は考えが及ばなかった。

ひとつ息をついてうつむくと、頬に長い髪がかかる。その色は、金色。

「……金色カラスさん」

今日も来てくれるだろうか。

そう思うなり、小夜は心がふわふわと温かいものに包まれているような感覚を覚える。

金色カラスとおそろいの髪の色が嬉しい。もちろん黒髪も好きだけれど、金色もとても素敵だと小夜は思う。だがその思いは決して他者からは受け入れられないことを、小夜はすぐに知るのだった。

翌日から、小夜は毎日医師に診察を受けることになった。

清史郎が東京市内で名医と呼ばれている医者たちを家に招き、小夜の『変化』の理由を欲したのだ。

だがどの医者も言うことは同じだった。

「お嬢さんは健康です。髪の色が変わった原因は不明です」

何人の医者にかかっても、原因不明である、と。

その言葉を聞くたびに、清史郎の顔が陰っていくのが、小夜は辛かった。

元気になれば、周りの人に迷惑をかけずに済む。父に十年後の姿を見せることもできる。父も喜んでくれると、そう思い込んでいた。だが現実は違った。清史郎はわけのわからない変化を遂げた娘をどうしたらいいのか悩んでいる。だが原因を正直に話したら、父はますます懊悩（おうのう）するに違いない。

近頃父の顔色が悪い。まるで病弱だった頃の小夜のように青ざめていて、その原因が自分にあるのではと思うと、居ても立ってもいられない。

そして小夜にはもうひとつ、心穏やかではいられない悩み事があった。

あの日――黒カラスとやってきて以来、金色カラスが庭に来てくれなくなったのだ。

（金色カラスさん）

今、どこで何をしているのだろう。どうして来てくれなくなったのか。

金色カラスも言葉を話すことができる、意思疎通ができると知り、どんなに嬉しかったか。またお話できたらいいなと、金色カラスの訪問を待っていたのに、その望みは、あれから一度も叶っていない。

「……元気に、なったのにな」

一度、おずおずと父に頼んでみたのだ。

外に出てもいいですか？

と。

だがその望みを口にしたことを、父の浮かべた表情によって、すぐに後悔した。病弱だった娘が健康になり代わって髪が外国人のように金色になった。——それは関係のない人たちにとって、格好の話のネタになるに違いない。

「お前が病の憂いなく動けるようになったのは喜ばしい。……だが今の髪色では、どこに行っても奇異の目で見られるだろう」

小夜は唇を引き結ぶと、微かにうつむいた。

「あの……！　御髪を染めるというのはいかがでしょうか？」

控えていた八重が、思わずと言ったように進言する。

「髪を、染める？」

「染毛剤を用いるのです。本来は白髪染めですし、お時間はかかりますが、髪が黒く染まります。それを使ってみては？」

外に出たいなら髪を染める。髪を染めたくなければ外には出られない――。

小夜にとって、どちらを取るか、それはとても悩ましい二択だった。

父や奉公人たちを含めた周囲の人たちが小夜の金色の髪をおかしく思っていても、小夜自身は髪の色が変わったこと自体悔やんでいない。そうは言っても、父たちを悲しませるのは本意ではないから難しい。

髪を染めるという選択は、小夜の意に反する。そうしてしまったら、金色カラスへの裏切り、というか、蔑ろにしているような気持ちになるからだった。

父とこれまで自分を支えてくれた八重をはじめとする奉公人たちの気持ちと、自身の金色カラスへの想いの板挟みに、小夜は深く悩んだ。

清史郎もまた、髪を染めることに躊躇を見せたが、やがて「試してみなさい」と言われてしまう。その言葉と、小夜を思って髪を染めたらと提案してくれた八重の優しさを、無下にはできなかった。

八重はすぐに、髪を染めるための道具を用意し、小夜を浴室へといざなった。

「染毛剤を御髪につけたあとは、長い時間そのままにしておかなければいけません。大変ですが、がんばってくださいまし」

「長い時間、というと」

そうですね、十時間ほどかかりますと言われ、小夜は思わず声を上げた。

「十時間……！」

染毛剤で汚れてもいいように、着古した着物に着替えると、小夜は用意された背もたれのない椅子に腰かけた。

（……金色カラスさん）

気が重い。

それでも小夜が髪を染める決断をしたのは、外に出るという目的故ではなく、父たちの気持ちを慮(おもんばか)ってのことだった。

刷毛(はけ)に塗布された染毛剤が髪に触れる冷たい感触に目を閉じた。

だが、八重の戸惑う声に、ふと顔を上げる。

「どうかしましたか？」

「あ、……あ、の」

いつも大らかで優しく、そして頼もしい八重のその声が、微かに震えていた。

「……？」

「あの、……染まらない、んです」

「え？」

八重が持つ刷毛の毛先は黒々としており、確かに染毛剤が付着している。

染まらないとはどういうことなの、と小夜は八重から刷毛を受け取り、自ら髪に塗ってみた。ところが髪に触れた途端に染毛剤は弾かれ、丸い雫となってコロコロと転がり落ちてしまう。

小夜は息をのんで、思わず八重を見上げた。

（……八重、さん）

八重は、小夜が初めて見る顔をしていた。

まるで怯えているような……。

瞬きもせずひたすら見上げていると、我に返った八重は、口元を引きつらせつつ、ぎこちなく笑った。

「な、なんでしょうね。不良品を摑まされたのかもしれませんね……！」

大きな声でそう言うと、早々に片付け始めた。

「小夜お嬢さま、部屋に戻りましょう。少し冷えてきましたし、風邪をひいてしまったら大変です」

「……はい」

素直にうなずいて部屋に戻る。斜め後ろを歩く八重の様子がいつもと明らかに違う。

髪が染まらないというおかしな現象を、気味悪く思っているのか――。

足が重い。気持ちも、重い。

小夜は八重に気づかれないよう、細く小さなため息をついた。

もし自分が健康だったら、と想像したことは何度もある。

まずは全力で走ってみたい。

それからなわとび。なわを回しながら調子を合わせて上手に跳べるだろうか。

登山もしてみたい。一度も行ったことのない海を見てみたい。そこで泳いでみたい。くたくたになるまで、身体を動かしたい。

夜更かしもしてみたい。一晩中物語を読むのだ。これまではいくら先が気になっていても、途中でめまいがしてしまい、読書を中断しなければならなかった。

思いきり身体や頭を使ったあとは、のんびり散歩もしてみたい。四季折々の花を愛でながら、一日かけて、公園や遊歩道をゆっくり歩くのだ。

今ならば、それができる。少しくらい無茶をしても体調を崩すことはない。

(でも……)

今は、別の理由で外に出ることが難しくなってしまった。

父の、八重の、周りの奉公人たちの、小夜を見る目が以前と少し変わったことが悲しい。決して避けられているわけではないけれど、小夜の変化に困って、迷って、どう受け入れていいのかわからないようだった。

金色カラスがあの日以来、来てくれないことを寂しく思っていたが、会わない方がいいのかもしれないと、ふと思う。

周囲の変化を悲しく思う小夜を見て、金色カラスもまた悲しむのではないかと想像したのだ。

（金色カラスさん）

結わずにおろしたままの髪のひと房を掬(すく)い取って、じっと見つめる。

「それでもわたしはこの色が好き」

金色カラスにもらったこの色を、厭(いと)うことなどできなかった。そしてさらに思う。

（お父さまとよくお話ししてみよう）

父に迷惑をかけない範囲で、できることをしたい。

もしかしたら小夜のしたいことは、すべて否定されてしまうかもしれない。だがまずは、清史郎の考えを聞かなければ。

小夜は握りこぶしを作って己を鼓舞する。

普段ならばそろそろ帰宅する刻限だ。

小夜は母の形見である三面鏡を開いた。改めて鏡に己の姿を映し見る。そうしておもむろに長い髪を手に取ると結い始めた。三つ編みにした髪をうなじでくるりと輪にする。以前八重が見せてくれた雑誌にあったマガレイトという髪型だ。

『最近の女学生さんたちの中でこんな髪の形が流行しているんだそうですよ』

そう言っていた。

小夜はまだ女学生という年齢ではないが、その絵を見た時可愛いなと思ったのだ。

小夜の小さな手で編んだ三つ編みは少し緩かったが、それでもきれいにまとまっている。

「できた」

小夜は小さく息をつくと寝台の端に腰を下ろし、父の帰りを待った。

だが、

「小夜お嬢さま……！」

扉を叩く音が聞こえるや否や、八重が部屋に駆け込んできた。

「ど、どうしたんですか」

「旦那様が」

八重の焦る表情を見て、小夜もまた顔を強張らせる。

「旦那様が、出先で倒れてしまったと……！」

小夜はそう聞いた瞬間に立ち上がり、部屋から飛び出した。

父が運び込まれた病院に駆けつけると、そこには叔父である辰吉と、会社の役員らしき年配の男性たち数人がいた。皆一様に表情が硬い。

「辰吉叔父さま」

走り寄る小夜を見るなり、辰吉は怪訝そうな顔をする。

「小夜、その髪はいったいなんだい？　英吉利人にでもなってしまったのか？」

「あのっ、あの、それよりもお父さまは……」

「ああ、……小夜、よくお聞き。兄さんは」


「けっかく？」

小夜はその病名を聞いて、小さく喉を鳴らす。

小夜でも聞いたことのある、伝染性の恐ろしい病気だ。

「うん。肺結核だそうだ。どうも以前から体調が思わしくなかったらしい」

そういえば、最近父の顔色が悪かったことを思い出す。

「そ、それで、お父さまは」

「今は休んでいるよ。だがこの病院では治療が難しいから、近いうちに白金台にある療養所に転院することになる」

「……」

小夜はぎゅっと両手を強く握りしめる。

（……お父さま）

鼓動が恐ろしく速い。

小夜の頭の中は父のことでいっぱいになって、辰吉が続けて語った内容が耳に入ってこない。

「小夜、聞いているかい？」

「あ、……す、すみません。聞こえませんでした」

「じゃあもう一度言うね。兄さんが療養している間、僕が会社の指揮を執ることになる。それに伴い、兄さんの家に住むことにした」

「……」

「あの家には洋館が併設されているから何かと便利だ。僕の家族も越してくる。小夜、修子や公一郎と仲良く暮らしてくれるね？」

それはもう、大人たちの間では決定事項だった。辰吉の声音は優しかったが、小夜に了解を求めているのではない。「これは決まったことだ」と結果を告げているに過ぎなかった。

小夜はだが、生活が激変するであろう今後のことより、父の病状の方が心配でたまらなかった。

清史郎が重病だったら、もし、……もし、母のように、小夜の前からいなくなってしまったら？

（……こわい）

小夜はぎゅっと目を閉じた。

自分も何度も死にかけて、辛く苦しい目に遭ってきた。けれど愛する家族の病気を前に、それ以上の恐怖を覚える。

父がいなくなってしまうかもしれないという現実が、自分が死ぬかもしれないと覚悟するより怖かった。

「白金台の病院は結核専門の療養所だ。結核の第一人者である先生もいらっしゃるからね。その先生に兄さんは任せよう」

励ます辰吉の闊達な声に、辛うじて小夜はうなずく。だが、

「それにしても小夜、君の髪は一体どうしたんだ。それに心なしかいつもより元気に見えるね」

しきりと首を傾げながらの問いに答える余裕はなかった。

辰吉とその家族が小夜の住む家に越してきたのは、それから十日後のことだった。その間連日辰吉の家の奉公人がやってきて、荷物を運び込んだ。

辰吉は友子と結婚するまでこの家に住んでおり、常々「この家はいい」と言っていたから、引っ越しを心待ちにしているようで、奉公人に家具の配置を指示していた。

父、清史郎の療養所への転院は速やかに行われた。明治に入りすでに三十余年が過ぎているが、結核は『国民病』とも呼ばれ、恐れられていた。それは、明確な治療方法を持たず、ひたすら安静にしているしかなかったからだ。小夜も名を知る作家や著名人も結核に罹（かか）ったと聞く。

伝染性の病気故に面会は推奨（すいしょう）されず、小夜はまだ一度も父と会えていない。ならばと手紙をしたため渡してもらったが、返事は来なかった。

父が今どんな様子なのか、小夜が知る術はなく、不安は日ごと膨れ上がっていった。

そしていよいよ辰吉一家が引っ越して来た時、小夜は今の自分が世間にどんな風に見られるのかという現実を知ることになる。

「その髪はなんですか」

小夜の金色の髪を見るなり詰問したのは、辰吉の妻、友子だった。つかつかと歩み寄ってきたかと思うと、髪をぐいと引っ張る。

「あっ……」

「鬘（かつら）ではない？　まさか染めているのですか」

「と、友子さま、これには事情が……！」

慌てて八重が口添えをしようとするが、友子の鋭い一瞥（いちべつ）により口を噤（つぐ）んだ。

「父親が命の危機に見舞われているというのに、このありさまはなんですか。みっともない。今すぐに黒髪に戻しなさい」

「それが、も、戻らないのです」

八重の言葉に、友子は眉間にしわを寄せる。

「どういうことですか。戻らないとは」

自分たちもわからないのです、と必死の形相の八重に、友子は気味悪げに小夜の髪に目を落とし、そうして手放した。

「わからない？」

「まあまあ、とりあえずその件はまたあとで話すというのはどうかな？　おい、修子と公一郎の部屋に案内してくれ」

小夜の家の奉公人にそう告げて、辰吉は嬉しそうな歩調で廊下を進んだ。

修子はちらりと小夜を見るが、すぐに目を逸（そ）らして辰吉についていく。公一郎はといえば、金色の髪の小夜を物珍し気に見上げ、そうかと思うと、友子以上の強さで、小夜の髪を引っ張った。

「い、……っ」

「ヘンなかみ！」

叫んだ刹那、手を離すと脱兎の如く廊下を走っていった。

残った友子は、小夜をじっと見据える。

「黒髪には戻らないということですか」

小夜は一度目を閉じ、そうして静かに開くと、友子を見上げた。

「はい」

「……変わったのは髪だけではないようですね」

「――」

「少し歩いただけでも息切れをしてすぐに高熱を出して寝込み、日常のほとんどを横になって過ごしていたはずが、ここ最近はとても元気だというじゃないですか」

「……」

「顔色もいい」

まじまじと見つめられ、小夜は小さく喉を鳴らす。

友子は見慣れぬ物体を目にした時のように、不審げな色を双眸に宿した。

「……友子叔母さま」

友子はふいに唇を引き結ぶと、心持ち顎を上げて小夜を睥睨する。

「そのみっともない髪をしている限り外に出ることは控えなさい」

「――」

「そんな髪の状態を誰かに見られでもしたら、三葛家の恥と言われるでしょう。良からぬ噂などたとうものなら、修子の婚姻にも支障をきたすかもしれない」

「……」

「いいですか。決して家から出ず、人目に触れず、その髪を隠し続けなさい」

友子は宣言するかのように、そう言い放ち――小夜はその日以来、外に出ることを固く禁じられたのである。

部屋の本棚にあった本は、今手にしているものですべて読み終える。

薄い本は百頁ほど、厚い本は六百余頁はある。小夜には難しい内容もあり、日によって読める冊数は異なるが、部屋からほとんど出られなくなってから六年の間に、およそ二千冊の本を読んでしまった。

（この本を読み終えたらどうしよう）

時間だけはとにかくある。最初の方に読了した本を読み直してみようかなと小夜は本棚に並ぶ背表紙に視線を滑らせた。

父が結核専門の療養所に入院し、叔父家族がこの家に引っ越してきたのが六年前。この六年の間に起こった、特に重大な出来事と言えば、つい二カ月ほど前に終結した、露西亜(ロシア)との戦争だ。

小夜は来年一月の誕生日で十三歳になる。その間、世間に多大な影響を及ぼす出来事があっても、外出を許されたことは一度もなかった。むしろ外国との戦争中は、小夜の髪色は絶対に知られてはならぬと、家に客人がやってくる日などは、部屋から決して出ないように、鍵までかけられた。

当初は小夜自身も、この状況を打開しようと辰吉や友子に働きかけたが、叔父はともかく友子は絶対に首を縦に振らなかった。小夜は病弱だった頃より、外に出る機会を奪われている。

気がかりな父の病状は、現在小康状態を保っていると聞く。だが回復には至らず、療養所でほとんど起きられずにいるという。

できることならそばにいたい。何もできないかもしれないけれど、病に伏せる父の世話ができたらいい。伝染性の病気だ。医学や看護の知識がなければ難しいだろう。だがかつて自分が病弱だった頃、父や八重たちの存在がどれほど支えになったか。心を寄せてもらえることが、どれほど嬉しかったか。

今病に苦しむ父を支えられずにいることがもどかしかった。

（お父さまに、会いたいな）

小夜はふと、坪庭に視線を向ける。

今も庭師が手入れをしてくれているために、陽光に照らされ輝く緑や穏やかに揺れる可愛らしい花々の姿を見ることができる。人の世が争いのさなかにあっても、鳥たちも変わらずやってきてくれる。

けれど――。

父が病に倒れ、辰吉たちがこの家に越してきて六年。

その六年は、金色カラスが来なくなった年月でもあった。折に触れ金色カラスのことを思い出す。押し花にした、桜の花をはじめとする四季折々の花たちやきれいな石たち、そして枕元に残されていた金色の羽毛は、今でも小夜の宝物だ。母の形見の巾着袋の中に石と羽毛を入れて、肌身離さず持っている。着物の袂に入れた巾着袋を取り出した小夜は、そっと中を覗いたあとで、小さな掌で包み込んだ。

コンコン、と扉を叩く音がする。入室してきたのは八重だった。

辰吉一家が住むようになって以来、八重は小夜から遠ざけられていた。一番の小夜の理解者であり味方だと、友子に知られていたからだろう。万が一部屋を出る手引きでもされたらと用心したのかもしれない。

久しぶりに会う八重に、小夜は駆け寄る。

「八重さん！」

「小夜お嬢さま、こちらを……！」

差し出されたのは、つばのある帽子と白いブラウス、紺色のスカートと外套、そして小さな鞄（カバン）だった。

「や、八重さん？　これは」

「旦那様がご危篤（きとく）との連絡がありました」

サッと小夜の顔が強張る。

「こちらに着替えて、療養所に向かってください……！」

すぐにでも飛び出したい気持ちを、小夜は抑え込む。

もし外に出る手引きをしたのが八重だと知られたら――八重はどうなる？

迷う小夜の気持ちは、生まれた時から一緒にいてくれた八重には筒抜けだった。

懐かしく、泣きたくなるくらい嬉しい、大らかな笑顔を、八重は見せてくれた。

「ばれるようなヘマはしませんって！　大丈夫です。小夜お嬢さま、行ってくださ い」

「八重さん……、ありがとうございます」

八重はもう六十歳だ。少し見ないうちに、白髪が増えた。だが表情は以前同様、頼もしくそして優しい。

小夜は唇を引き結ぶと、小さくうなずく。

「さあ、お着替えを。動きやすいように、洋装をご用意いたしました。丈が合うといいのですが」

しばらくお会いしないうちに、ずいぶん背が伸びましたねぇ、と八重は目を細める。

「小夜お嬢さま、そちらではなく、こっちから」

着替え終えた小夜へ八重が指し示したのは、廊下側の扉ではなく、窓だった。

「えっ⁉」

思わず目を丸くした小夜に、八重はいたずらっぽく笑う。

「靴もお持ちしましたよ。さ、どうぞ」

「は、はい」

八重は上げ下げ窓を勢いよく引き上げる。見れば外には、庭師の芝田がいた。目が合うと、こくり、とうなずく。

(手伝ってくれるんだ……)

小夜の脱走を。

小夜は窓の桟に手を置くと、大きく開いた窓から、外に飛び出した。

坪庭の一面は竹でできた高い垣根で、外と隔てられている。その垣根には扉があり、芝田はいつもそこから出入りをしていた。小夜は扉を潜る前に振り返った。

「八重さん、芝田さん、ありがとうございます！」
こうして八重と芝田の協力により、小夜は六年ぶりに外に出られたのである。

家から出られずにいた間、小夜は東京市内の地図を暗記するほど繰り返し見ては、指先で自宅から療養所までの道を辿っていた。

白金台の療養所まで、距離にして十キロはある。その道のりを、小夜は最初急ぎ足で進んでいたが、そのうちどんどん気が急いてきて、とうとう走りだした。

初めて全力疾走する日が、こんなにも辛く恐ろしい気持ちであることが悲しい。

走って、走って、昼日中に全速力で走る少女を、周囲を歩く人々は怪訝な顔で見ていたが、小夜が脚を止めることはなかった。

呼吸もままならない、胸が痛い。だが病気でいた頃に、常に小夜を苛んでいた痛みとは異なるものだ。到着した療養所の前で止まり、ゆっくりと呼吸をすると、その痛みはすぐに治まった。

療養所に足を踏み入れた小夜は、そこで辰吉の姿を見つける。

「小夜⁉」
「おじさま、お父さまは……！」
駆け寄った小夜の耳に、病室にいる医師や看護婦の緊迫した声が飛び込んでくる。

「お父さま！」

小夜は声の限り叫んだが、扉が開くことはなかった。

「小夜、お前どうやってここまで来たんだい？」

清史郎が生きるか死ぬかというこの状況の中にあっても、辰吉の声は普段とほとんど変わらない。穏やかにすら聞こえるその声音に、小夜は細い息をついた。

「……走ってきました」

「なんと、あんなに病弱だったというのに、びっくりしたなぁ！」

「……」

「小夜の病気を兄さんが引き受けてくれたのかな」

何気ない呟きだったのだろう。けれどその言葉を聞いた瞬間、小夜の胸は強い痛みを覚えた。

「ああ、おとぎ話みたいなことをつい口にしてしまった。友子が小夜の状況はあり得ない、世間に知られたらアヤカシとでも契約して健康な身体を手に入れたんだって噂されるに違いないって、しょっちゅう言うからさ、感化されたのかな」

恐ろしいアヤカシでは決してないと信じているけれど、小夜に健康な身体を与えてくれたのは、確かに喋る金色カラスと黒カラスだ。それが、『よくあること』だとは小夜とて思っていない。それでも、今も変わらず慕っている金色カラスをアヤカシと同一視するのは、小夜には抵抗があった。

「叔父さま」

「や、友子の妄想だけどね。人間なんでも知っていると驕っちゃあいけないよね。人智の及ばない、不思議なことだってそりゃあるだろうさ。お前の髪の色が突然変わったことだって、僕たちが知らないだけで、そういった現象もあるかもしれない」

辰吉は兄の清史郎と真逆の性格をしている。よく言えば生真面目、悪く言ってしまえば四角四面な清史郎と違い、辰吉は大らかでのんびりしている。だが同時に、問題事があった時、正面から向き合うことなくのらりくらりと避ける傾向にあった。

小夜は辰吉が焦る場面を見たことがほとんどない。その叔父が、微かに目を細めてうつむいた。

「もしさ、もし本当にそんな力があるんなら……兄さんは病気になんてならないでほしかったな」

辰吉の声が、急に低く、小さくなったために、小夜は聞き逃しかけた。

「叔父さま、……どうかなさったんですか」

清史郎の代わりに会社の経営を任された辰吉は、以前の父同様に、忙しく動き回っている。大好きだという家にも帰れない日々が続くこともあった。

「いや、今更ながら兄さんの凄さを思い知っただけさ。まあ、僕は僕なりに頑張るけどね」

いつものように飄々とそう言うと、辰吉はひとつ息をついた。

扉が開くまで、恐ろしいほど長く感じられた。辰吉は椅子に腰を下ろしたが、小夜は扉の前で立ち尽くしていた。

そして、永遠のような時間を経たのちに、ようやく扉が開く。

「お父さま……！　あの、お父さまは」

出てきた医師を、縋るように見上げる。医師は大丈夫ですよ、持ち直しました、とゆっくりとうなずいた。

「ああ……ありがとうございます」

小夜が深く頭を下げ、そして顔を上げた時に、病室の寝台に横になる父の姿が目に入った。

げっそりとやつれた頬に、落ちくぼんだ目は、硬く閉じられている。

あまりの豹変ぶりに、小夜は涙が止まらない。

「お父さま、お父さま……！」

涙声でひたすら父を呼ぶと、ふっ、と清史郎は目を開き、小夜へと顔を向けた。微かに唇が動く。

小夜、と呼ばれたような気がした。

「お父さま……」

どうかお父さまの苦痛が少しでも和らぎますようにと願わずにはいられなかった。

乗っておいきよ、と辰吉に言われた視線の先には、人力車があった。

「また走って帰るつもりかい？」

「あの、叔父さまは今日おひとりでこちらに？」

先刻まで気が動転していて気づかなかったが、辰吉は供をつけていない。すると辰吉は不意を突かれたように目を瞬かせ、次いでばつが悪そうに小夜から視線を外した。

「会えることはほとんどないけど、時々見舞いに来ていたんだよ」

ひとりでね、と呟く。

「そうでしたか」

「僕は歩いて会社に戻るとするか。君、家までやってくれ」

車夫に金を渡すと、辰吉はあっさりと小夜に背を向けて歩いて行ってしまった。

「……よろしくお願いいたします」

車夫に頭を下げ、小夜は帰宅の途に就いた。家の少し手前でおろしてもらった小夜は、来た時と同様に庭経由で部屋に戻るべく扉を目指して歩いた。時刻はそろそろ夕刻を迎える。小夜が竹垣の扉に手を伸ばしたその時、十メートル程先にある玄関口から声が聞こえた。

「……！」

慌てて来た道を引き返そうと踵を返したが、その姿を玄関から出てきた人物たちに見られてしまった。

「おや君は」

走ってこの場を去ろうとする寸前で、背後から声をかけられた。

「……」

「清史郎さんのご息女じゃないかな？」

聞いたことがあるような声だが、名前が思い出せない。

「小夜？」

だがこの声は聞き覚えがありすぎる。従姉妹の修子だ。

「どうして外に」

聞こえてくる声が硬い。小夜はぎゅっと目を閉じ、肩を強張らせた。

髪は帽子の中に押し込むようにまとめているから、ほとんど見えないはずだ。

「修子さんのお知り合い？」

「私たちと同じくらいのお年かしら？」

「初めまして」

次々と声をかけてくるのは、明るく高い声音の少女たちだ。

（……修子さんの、ご学友の方たち？）

このまま無視してこの場から逃げてしまったら、修子の立場がない。そうかと言って、もし髪のことを知られたら……。

「確か、小夜くんだったかな？」

これは男性の声だ。誰だろう、小夜のことを知っている男性というと――。

「九条様、小夜のことをご存じなのですか」

修子の滑舌のいい声が男の名を呼んだことで、小夜はようやく思い出す。

確か以前、共同で事業を行うと辰吉が言っていた九条男爵家の子息だ。

「うん、昔一度会ったこと、あるよね？」

そう言って九条家の子息――青吾は、小夜を覗き込んできた。それを避けて、小夜は深々と頭を下げる。

「こ、こんにちは。九条様、皆さま」

「まあ、小夜さんとおっしゃるの？　修子さんとはどんなご関係かしら」

「従姉妹よ。身体が弱くて学校には通っていないけれど」

修子が短く説明する。

「早く部屋に戻ったら？　体調を崩したらどうするの」

「え、ええ。皆さま方、失礼いたします」

多少のぎこちなさは否めないが、不審がられないよう、丁寧に挨拶をした小夜は、一行からいくばくかの距離を取って表玄関を目指した。

ところが、

「小夜くん、ちょっといいかな――おっと」

九条青吾の手が、突然小夜の帽子に触れた。かと思った次の瞬間、帽子がふわりと外されてしまう。

「あっ……！」

まとめていた髪が小夜の背に流れる。

「――」

修子をはじめ、その学友たちが、一斉に息を呑んだ。

「おやおや、僕が以前見た時には美しい黒髪だったが、これはこれできれいなものだね」

髪をひと房掬い取られた小夜は、思わず身を引く。

「金髪」

修子の学友が、まじまじと小夜を見て、ぽつりと呟く。

その声に最初に我に返ったのは修子だった。

「早く家に入りなさい」

強い口調でそう言われた小夜は、慌てて一礼し、その場から走って玄関に飛び込んだ。


『三葛家のお嬢さん、……いえいえ修子さんじゃなくて、長男の娘さんのこと、知ってる？』

『聞いた聞いた、髪が金色なんだってな』

『ご両親はどちらも日本人なんだろう？　金髪なんて、外国人みたいじゃないか』

『身体が弱いから学校にも通わず家で療養しているって聞いたけど、もしかして髪の色を隠そうとしていたのかねえ？』

『いやいや、もとは黒髪だったそうだよ』

『突然金髪になったってことかい？』

『聞くところによれば、子供の頃いきなり金色の髪になったんだってさ』

『なんとまあおかしなこともあるもんだ』

『おかしなこと、ってだけならいいけど、良くないウワサもあるようだよ』

『良くないウワサ？』

『そうそう。病弱だったのに、金髪になったのと時を同じくして、えらい健康になったんだとか』

『なんだいそりゃ。化け狐にでも憑かれているんじゃないだろうねえ』


友子の危惧は現実となった。

修子と一緒にいた青吾、三人の学友だけではなく、近所の住人たちにも小夜が金髪であることを目撃されたために、瞬く間に噂になってしまった。

父の危篤を聞き、外に飛び出した夜、小夜は友子からきつく叱られた。

「あれほど出ないようにと言ったでしょう！」

友子は青ざめた顔で小夜に詰め寄った。

「修子は今大事な時期なのです。十三になって、良いお家柄のご子息との縁談も持ち上がっているのですよ。あなたは修子に恥をかかせたいのですか」

そんな気持ちは毛頭ない。辰吉一家が引っ越してきてから、逆に修子とはほとんど話をする機会がなかった。だが同年の従姉妹だ。嫌っているわけでも、良縁を邪魔しようとしているわけでももちろんない。けれど結果として、小夜の行いは修子の将来に影を落としたのだと糾弾されてしまえば、返す言葉はなかった。

「男爵家の青吾さまにまで見られてしまっただなんて……。あなたは九条家が今の三葛家にとって、どれほど重要か知らないのでしょう。もし共同事業から手を引くなどと言われたら……」

三葛家はひとたまりもない。

友子は絞り出すようにそう告げる。そんな友子に対し、小夜は何も言うことができなかった。娘の髪の色程度で事業提携を反故（ほご）にするとはとても思えない。それを今の友子に言っても、言葉を翻（ひるがえ）すことはないのだろう。

その日を境に、小夜の部屋は外から鍵をかけられ、窓もまた頑丈な格子を嵌められてしまった。

まるで牢獄のような部屋の中にひとり、小夜は己の無力さに、首を垂れることしかできない。

季節は初冬へと変わり、外は木枯らしが吹いている。

欠かさず手入れされていた庭は、あれから庭師までも入ることを許されずにいた。数日は餌を目当てに鳥たちも来ていたが、餌場に補充されていないと知るや、すぐに何処へか飛んでいってしまう。だが、荒れてしまった庭にも咲いている花があった。

水仙だ。可憐な姿をしているが、水仙は強い。小夜は、自分もあの花のように強く在りたいと願わずにはいられない。

食事を運んできてくれる奉公人以外の顔を見たのは、それから十日後のことだった。

「……友子叔母さま」

「あなたにはこの家を出て行ってもらうことになりました」

きっぱりとした口調に、小夜は最初なんと言われたのか理解できなかった。

「あなたの噂は沈静化するどころか日に日に広まっております。中には不躾にも家を覗くような輩まで出てきました」

「……」

「ですからこれから高崎に行ってもらいます」

「た、……高崎」

「ええそう。高崎には製糸場と紡績工場があり、工女たちが住む寄宿舎が併設されています。そこに行ってください」

以前同じような場面があったなと、小夜は思い出す。

『これからこの家に引っ越すよ』

子供の小夜に、決定事項だと言外に告げた叔父の言葉だ。小夜が高崎に行くのは、『決まったこと』なのだ。

だが、

「わ、わたしは……、わたしは、この家を出たくありません」

「修子が悲しい思いをしてもかまわないと？　あなたのことを知られたあの子が、学校でどれだけ肩身の狭い思いをしているか想像もできないのですか」

「修子さんには申し訳ないことをしたと思っています。ですがわたしは……！」

父のいるこの地から離れたくないのです。

小夜は己の想いを、心を込めて友子に告げた。その小夜の言葉に対し、友子の態度は冷ややかなものだった。

「あなたがここにいたからといって、清史郎兄さまの病が治るわけではないでしょう」

「――」

「幸い健康になったのですから、工女として働くのも良いでしょう。旦那様から工場長へ連絡を入れておりますから、今から準備をしなさい」

明朝出発します、と友子は静かな声音でそう断じた。

第三章

上州の風は冷たい。

小夜が暮らしていた東京と比べると、寒さが厳しいように感じる。その理由のひとつが、風の強さだ。

空っ風が吹き荒ぶ中、小夜はひとり『三葛製糸場』の門前に立った。

東京、上野から高崎まで、鉄道に揺られて約四時間。時刻は十二時を過ぎている。

鞄を右手に、風呂敷包みの荷物は左手に、まるで立ちはだかるかのように巨大な門を、小夜は見上げた。

『小夜お嬢さま……』

上野駅まで送ってくれた八重は、悲しみと怒りの入り混じった複雑な表情をしている。

『八重さん、今までお世話になりました。どうかこれからもお身体に気をつけて元気でいてくださいね』

そう言うや、八重は人目もはばからず泣き出した。

『お嬢さま！』

顔を覆って声をあげる八重に、小夜は望まぬ出立をしなければならないこんな状況の中にあっても、嬉しく思う。

『だ、旦那様のことは八重にお任せください。お手紙でお知らせしますから』

『ありがとうございます。父のこと、よろしくお願いします』

小夜の一番の心残りを察してくれる八重に感謝して頭を下げた。

小夜が身に着けている衣服は、先日八重が用意してくれたブラウスと紺色のスカートと外套だ。髪が目立たないようにと目深（まぶか）に被った帽子もそうだ。思えばこの服の代金も八重が用立ててくれたのだろう。申し訳なさとありがたい気持ちで、小夜は改めて頭を下げる。

小夜にとって八重は奉公人ではなく、愛する家族と同じくらい大切な存在だ。その八重と離れなければならないのだと思うと、さみしくて心細くて仕方がなかった。それでも、今小夜の保護者である叔父夫婦の『決めたこと』には従わねばならない。

『すまないが行ってくれるね』

昨夜遅く帰宅した辰吉は、そう一言告げただけだった。

（疲れたお顔をしていたな……）

会社の経営は順調なのだろうか。療養所の父のもとへ、会えなくてもよく足を運んでいると言っていた。父が病気にならなければ、とも。

まだ十二歳の小夜には思い至れないことがたくさんある。大人の『決めたこと』の裏で、何が起こっているのかわからないこともある。今の小夜にできることはとても少ない。けれどひとつだけ、決意していることがあった。

（元気でいて、またここに帰ってきて、お父さまに会う）

小夜は『三葛製糸場』の敷地内に足を踏み入れた。しばらく歩いた先にあったのは、二階建ての巨大な建物だ。

端から端まで、どれほどあるだろうか。先刻降り立った高崎駅のホームの長さよりもありそうだ。

富岡製糸場の話は聞いたことがある。現在は民間に払い下げられて名が変わっているが、日本で初めて作られた官営の製糸場は、創業当時全国から十代前半から二十代半ばの年若い少女や女性たちが、四百五十人集められたという。

小夜の祖父は、その富岡製糸場に勝るとも劣らない民間工場の設営を目指し、遅れて三年後にここ、高崎に三葛製糸場を創業した。当時製糸場は全国各地で造られ、国を挙げて海外へ生糸の輸出をおこなっていた。全輸出のうち生糸が八割を占めていたという。

三葛製糸場の隣には、紡績工場も併設されている。六年前に叔父が言っていた、『日本人向けの洋服を生産するため』だ。

今小夜の目の前にある製糸場は、建設から三十年近くが経過している。当時は最先端であったであろう総煉瓦造りの建物は、今は白っぽく変色し、どこかさみしげにも見えた。

二階建ての建物の右手に、木造一階建ての建物が見える。小夜はそちらに向かって歩き出した。

「ああ、社長から聞いている」

名前を告げて頭を下げた小夜を、対応した御役所にいた男はじろじろと見下ろした。

「寄宿舎に案内するから待っていてくれ」

小夜は男が連れてきた四十代半ば頃の女性に案内され、寄宿舎へと向かった。

「三葛小夜です。よろしくお願いします」

だが挨拶をしても、案内人からの返しはない。

(聞こえなかった、のかな……?)

平屋の寄宿舎は、廊下を挟んで左右にずらりと扉が並んでいる。

軋(きし)む床に、静かに歩を進めると、一番奥の部屋に案内された。

「こちらを使ってください」

ようやく聞けた声は低く少し掠れている。

「はい。……あの、同室の方は」

「一人部屋です」

「そう、ですか」

六畳ほどの広さの部屋だ。相部屋になるとばかり思っていた小夜は、ちょっとだけ拍子抜けした。

「こちらを仕事着として使ってください。部屋の物も自由に使っていただいて結構です。明日午前五時に朝食、初日の明日は六時から仕事となります。朝食は玄関口から見て左側が食堂になりますのでそこで食べてください。五時四十五分に迎えに来ますから、それまでに準備を整えていてください」

平坦な口調でそう言われ、小夜がうなずく間もなく部屋を出て行ってしまう。

「あの……！」

慌てて声をかけ、ありがとうございますと礼を言うが、反応はなかった。

「あの、お名前をうかがっても？」

その問いには、木原（きはら）です、と返ってきたために、小夜は内心安堵する。

手渡された仕事着は、紺絣（こんがすり）の着物に臙脂（えんじ）色の女袴（おんなばかま）だった。ところどころ布が薄くなっていて、擦（す）り切れている個所もある。

小夜は手にしていた荷物を畳の上に置くと、帽子を取り、脱いだ外套と仕事着を衣紋掛（えもんか）けに掛けた。

改めて部屋を見回す。隅に布団一式と行李がふたつ、それから火鉢が置かれているほかは何もない。火鉢には炭は入っておらず、行李の中も空だった。

小夜は荷物を整理すると、部屋の真ん中で、小さく息をつく。部屋の中にいても寒くて手がかじかむ。火入れをするには誰に訊ねればいいのだろう。

不安は大きい。それでもここで生きていかねばならない。

小夜は自らの髪に触れる。小さくまとめた髪を解くと、ふわりと肩を滑り背中へと流れる。小夜の髪色を見た人たちは皆驚くけれど、小夜にとっては金色カラスと自分を繋ぐ、大切なものだ。隠さなければならないと考えること自体、小夜にとっては苦痛だけれど、この髪によって傷つく人がいると言われてしまえば、反論や反発はできなかった。

(修子さん、会えなかったな)

九条家の子息と学友に髪を見られて以来、修子と話すことはおろかその姿を見る機会もなかった。

小夜は髪に触れていた手を、首に下げた小さな巾着袋へと移した。

(お父さま、お母さま……金色カラスさん)

どうか見守っていてください、と小夜は祈るように巾着袋をそっと握った。

「繭選りをしていただきます」

翌日、まだ暗いうちに部屋を訪れた木原は、小夜の髪の色を見て軽く目を見開いたが、それも一瞬のことだった。

ついて来てくださいと、昨日聞いたように低くかすれた声でそうとのみ言うと、無言で廊下を歩く。

木原の変わらぬ態度に、小夜は内心驚いていた。

五時ちょうどに部屋を出て食堂に向かう間、すれ違った寄宿舎に住む工女数人は、小夜を見て驚いていたし、中にはあからさまに眉をひそめる者もいた。

長い間外に出ることなく、小夜の世界は三葛の家の中だけだった。金色の髪が他者にどんな風に見られるのか、修子の一件でわかっていた。これ見よがしに遠巻きにされ、指を差されることも覚悟していた。だから一瞬の反応があったものの、その後変わらない態度の木原に小夜の方も驚いたのだ。

小夜が連れていかれたのは、昨日その巨大さに驚いた建物――繰糸場ではなく、西側に位置する建物だった。

中に入るなり、鼻をつく独特なにおいに、小夜は戸惑った。生臭いようなにおいだ。

続いて大きな卓子を囲むように立つ女性たちが目に入る。彼女らは卓子の中央に置かれた繭を手に取っては、周りにいくつか置かれた竹かごの中に分け入れていた。

「繭選りとは、そのままの意味です。上等な繭とそうでない繭を分ける作業です。途中休憩、昼休み、夕方に休憩、その後午後八時まで作業を行ってください」

「は、はい。あの上等な繭とそうでない繭の選別基準は」

「監督に聞いて行ってください」

そうとだけ言って、木原は作業場を出ていってしまった。

入れ替わるようにやってきたのは、この場を監督する女性だった。木原より少し年下だろうか、くっきりと眉間にしわを寄せ、昨日の事務所の男性のように、小夜をじろじろと見た。

「その髪は？　日本人ではない？」

詰問（きつもん）する口調に、小夜は慌てて首を横に振る。

「日本人です。髪は……以前よりこの髪色で」

「日本人？」

「三葛小夜と申します。よろしくお願いいたします」

「三葛」

監督女性はなおも小夜を睥睨（へいげい）するが、やがて小さく鼻を鳴らすと目で卓子を差した。

「早く位置につきなさい」

慌てて示された場所に立った小夜は、目の前の繭の山に小さく息をのんだ。

「これがいい繭、これがよくない繭。針で突いたほどの小さな黒い染みがあったり凹(へこ)んでいたり穴が開いていたりしたらよくない繭。まずはその選別をし、その後は大きさ別に分けていく」

「は、はい」

「黙って素早く正確に行いなさい」

「はい」

確かに作業をしている女性たちは皆無言で、黙々と仕事をしている。

彼女らに倣(なら)い、小夜はおぼつかない手で、親指より小さな繭の選別作業に入った。

繭選り作業は単純だったが、よくない繭は分かるものの、慣れない小夜にとって、大きさの判別が難しい。迷っていると、「手を動かしなさい」と叱責が飛んでくる。

気がつけば午前の休憩時間はとうに過ぎ、昼になっていた。

小夜が作業を行っていた卓子には、ほかに三人がいたが、彼女らは時間になると、無言のままその場から歩き出した。小夜もまた、三人に倣い手を止める。

（もうお昼……）

立ちっぱなしで六時間。慣れない作業に脚は微かに震え、腰も腕も背中にもじんわりと痛みが広がってゆく。小夜は細く長い息をつくと歩を踏み出し——だが、

「そこ、作業の途中で動かない」

「え」

「まだ途中でしょう。終わらせてから休憩に入りなさい」

確かに目の前にはまだ繭が残っている。というのも、終わったと思った次の瞬間、再び繭が置かれるのだ。その繰り返しで繭がなくなることはなかった。だが小夜は今目の前の分を終わらせればいいのかと作業を続けた。

それから十分ほどして卓子の上の繭をすべて選り分けた小夜は、改めて歩き出そうとした。だがすかさず繭が運ばれてくる。

「新人は手が遅いのだから、せめて時間を惜しんで作業をしなさい」

監督女性は小夜が口を開く前に、その場を去ってしまう。

見渡せば、作業場で繭選りを行っているのは小夜のみだった。ほかの工女たちは全員昼食をとるため寄宿舎の食堂に行ったのだろう。

小夜は唇を引き結ぶと、山と積まれた繭を見つめた。そうして最初のひとつを手にし、一番大きな繭を入れる籠の中へと分け入れた。

小夜が繭選り作業から解放されたのは、その日の午後十時だった。結局昼食は食べられず、場を離れられたのははばかりに行く時だけで、朝食事をとって以来、何も口にしていなかった。お腹が空いているはずだが、それ以上に疲れすぎて、もう何もできなかった。

作業場から寄宿舎までの距離を歩くのすら辛かった。震える足をなだめながら部屋に戻る。

部屋は寒かった。朝木原に火入れのことを聞き、寄宿舎に住まう女中が炭と火入れをしてくれるということだったのだが、やはり何も入っていない。

寒さより空腹より、とにかく座りたい、横になりたい、という気持ちが勝った。

ふらふらとしながらどうにか着替え、布団を広げるや否や膝から崩れ落ちるように座り、そのまま布団の上に倒れ込んだ。次の瞬間、小夜はあっという間に夢の中の住人となっていた。

翌日も、その次の日も、さらに次の日も、小夜は一日中繭選り作業を行った。

その間小夜は思いきって何度か声をかけてみた。隣で作業をしていた、小夜より少し年上の少女、寄宿舎の廊下ですれ違った同年ほどの者、食堂の卓子で向かい側に座った二人組……だが誰からも返事はなかった。

話してくれるのは木原くらいだ。だがそれだって必要なことのみで、小夜はここに来て『会話』をしたことがほとんどなかった。それがなかなかに辛い。

　そして最初こそ夢中だったために、ほかに目や意識が向かなかったのだが、気づいたことがあった。

　ここ三葛製糸場は人がとても少ないということ。規模からして、働き手は五百人はいてもいいはずだ。けれど今ここで働いているのは、その半分程度だろう。通いで来ている者もいるのかもしれないけれど、恐らく少数だ。

　繭選り作業場も、本来ならば今の倍の人数が収容できるほどの広さだから、恐らく創業当時は四、五十人ほど働いていたのではないか。

　三十余年前に富岡製糸場が創業した折、工女たちの待遇は良かったと聞く。作業時間は一日七時間半。休憩もあるし、日曜日は休みだった。

　全国から集まった工女たちは、働き手であると同時に、地元に帰った時に、そこで製糸業の師範となるべく教育も受けていた。製糸業は日本にとって輸出の要だからだ。

　ここ三葛製糸場も、そんな思いから創業された。富岡製糸場に倣い、同様の制度を取り入れていたはずだった。それが、今は、休憩も休日もほとんどない。昔は電燈がなかったために日が暮れると作業ができなかったが、現在は灯りがあるので遅くまで働ける……働かせることができる。

　ここで働く工女たちは皆、暗く青白い顔をしている。働きすぎて、ほかに構う余裕がない。そんな状況だからか、小夜の金色の髪は最初こそ話題になったようだが、気にしない……というより、どうでもいいと思われているように感じる。

　そして日ごと寒さが厳しくなってきているためか、体調を崩している者も多いようだ。静かな作業場で時折ひどく咳き込んでいた。

　咳をする苦し気な音を聞くと、小夜は幼少の頃を思い出し、その背をさすりたくなる。止まらない咳は本当に辛い。そんな時、いつも八重が背を撫でてくれた。優しくあたたかい掌の感触を今でもよく覚えている。

（今は、本当に健康になったな……）

　長時間立っての労働はとても疲れるが、一晩休めば疲労は霧散し、元気に過ごすことができていた。黒カラスが言っていた『健康で、どんなに無茶をしても壊れない丈夫な身体』だからだろう。本当にありがたい。

　小夜は首に下げた巾着袋をそっと撫でる。ここ、三葛製糸場で働くようになってからこうするのが癖になっていた。

　小夜は行ったことがないが、繰場（くりば）はどうなのだろう。繰場では、小夜たちが選り分けた繭を使って生糸にする作業を行う。やはり少ない人数で長時間労働をしているのだろうか。

　こんこん、こんこん。

耳に苦し気な咳が飛び込んでくる。

小夜は向かい側で作業をする少女に目を向けた。

小夜自身も華奢だが、少女は病的なほど痩せていた。年頃の少女とは思えないほど頬もこけていて、咳をするたびに苦しそうにうつむく。だがそんな少女を、監督はすかさず叱咤（しった）するのだ。それでも咳は止まらず、少女はとうとう卓子に顔を伏せてしまった。

「そこ！」

監督がつかつかと歩み寄ってくると、強い力で顔を仰向（あおむ）かせた。

「手を止めてはなりません。働きなさい！」

「あの！」

たまらず小夜は声を上げた。監督は鋭い眼で小夜を睨み据える。

「なんですか」

「あの、少し休憩を……！」

止まらない咳の苦しさを嫌というほど知っている小夜は、何かを思う前にそう口にしていた。だが監督の声は冷徹だった。

「咳くらい誰でもするでしょう」

「ですが」

「ならばこの者の代わりにあなたが倍働くというのですか」

繭選り場で働き始めて二十日が経つ。今では先輩工女たちと変わらない速さで繭選りができるようになっているけれど、倍働くというのは、とても無茶だ。一日中場に立ち続けなければできない。

「できもしないのなら口出ししないように」

「せめて救護室で咳止めのお薬をいただくことはできませんか。咳をしていては作業も滞ります」

それでもそう言わずにはいられなかった。監督はキリキリと眉を吊り上げた。

「監督たる私に口答えをするのですか」

監督女性は咳をしていた少女から手を離すと、小夜のそばまで歩み寄ってきた。そうしてじろじろとねめつけると、憤然とした声で言い放つ。

「あなたね、今まで黙っていましたけど三葛の家に捨てられて行くところがないからと工場長が哀れに思ってここにいさせてやっているのに、口答えをするなど何様のつもりですか！」

あまりの剣幕に、小夜は何を言われたのか咄嗟に理解できなかった。

「そもそも社命で生糸の生産量が決められているのですよ。無理無茶と思ってもそれをごり押ししてくるからやらざるを得ないのでしょう。すべて三葛家の上のお方たちのせいではないですか」

「……！」

労働者が少ないのにそれを上回る生産を求めてくるのは、上の人間――東京の本社からの命令であり、製糸場の人たちはそれに逆らえない、と。

「……大丈夫、です」

監督の言葉を遮るようにそう言ったのは、件の少女だった。

「やります、から」

ですが、と言いかけた小夜を、少女はキッと睨みつける。

「大丈夫と言ったでしょう。余計な口出ししないで頂戴」

言葉尻の鋭さに、小夜は思わず押し黙る。

少女は顔を歪めながらも手を止めず、終業時間まで作業を続けた。そんな少女に、小夜はもう声をかけることはできなかった。


午後九時に作業を終え、小夜は棒のように強張った足で寄宿舎に向かいながら、ため息をついた。

日中、監督が言い放った言葉が、頭から離れない。

製糸場での無茶な作業時間の長さは、本社からの命令である、と。

(働く人を増やすことはできないのかしら……)

それが一番だと思うのに、しないということは、何か理由があるのかもしれない。

「ねえ」

しょんぼりうつむきながら歩いていた小夜に、突然声がかけられた。それはここに来て初めての経験だったものだから、小夜は驚いて目を瞬かせた。

目の前にいたのは繭選り作業場で共に働く三人の少女だった。いずれも十代後半と思しき少女たちの顔に見覚えがある。

「は、はい。なんでしょう」

「あなた、三葛家の娘って本当なの」

開口一番、真ん中の少女がそう言う。小夜は一瞬口ごもるが、小さくうなずいた。

「ならここの待遇改善をしてもらうようお願いしてよ！」

「……」

「決められている作業時間なんてあってないようなもの、それでいてお給金が上がるわけでもない、今日みたいに明らかに体調が悪くても休めない。ひどいでしょう⁉」

「それでもあたしたちはここを出られない。故郷は遠くて田畑しかない農村地帯、貧しくて働く場所もないから、ここで我慢しなきゃいけない」

「真面目に働いているわ。だから待遇の改善は当然の要求でしょう⁉」

少女たちは口々に言い放つ。皆日頃の鬱憤（うっぷん）が溜まっていたのだろう、言葉は止まる気配がない。ひとしきり彼女たちの憤懣を聞いた小夜だったが、

「……お気持ちはとてもよくわかります。手紙を書いて、窮状を訴えます。けれど、待遇改善のお約束は、今はできません」

父ならば――合理的な父であれば、この状況を黙ってはいないだろう。作業効率が悪すぎる。このままでは働く人はどんどん減り、残った人たちの負担が増す。そうしたら体調を崩す人、やめる人はますます増えるだろう。誰でもわかる負の連鎖だ。それを止めるには、仕事を減らすか人手を増やすしかない。清史郎だったら、即座に人員を増やすと決めるに違いない。

だが叔父の辰吉はどうだろう。ここで働く人たちを気の毒がってくれるかもしれないが、恐らく下の人たち――工場長たちに丸投げをしてしまうのではなかろうか。

「約束はできない？　三葛の娘なのでしょう？」

「……」

監督の言葉を借りるならば、小夜は『ここに捨てられた』のだ。

自分は無力で、ここにいる人たちの役には立たない。

歯がゆくて、悲しかった。

少女たちの訴えを繰り返し考えながら寄宿舎の部屋に戻った小夜は、扉を開けるなり室内に異変を感じる。

「ああ……！」

用心しながら部屋の灯りをつけた小夜は、思わず声を上げた。

衣紋掛けにつるしていた服が無残に切り裂かれていたのだ。

八重が用意してくれた大切なその洋服まで駆け寄り、両手で抱きしめる。

「どうして……誰が、こんなことを」

部屋は鍵自体がないから、誰でも入ってこられる。

小夜はその場に膝をついて座り込んだ。

どうしようもないこと、悲しいことやるせないことが多すぎて、小夜の心は張り裂けんばかりだった。

服を抱きしめながら、胸元に下がる巾着袋も手に握り込む。

小夜に今できること――それは、ただひたすらに我慢をすることだけだった。

バサッ。

羽ばたきが、聞こえた気がした。

(金色カラスさん……!?)

小夜は急いで立ち上がり、両開きの窓を開け放つ。

だがそこには夜の闇が広がるばかりで、あの神々しく美しい鳥の姿などどこにもなかった。

「あ……」

そうだ、東京から離れた小夜のもとになど、来てはくれまい。

そう思った刹那、小夜の目からポロリと涙が零れた。次から次へと雫は落ち、小夜の頬を濡らす。

「金色カラスさん……」

小夜は繰り返し金色カラスを呼び続けた。

会いたい。会いたい。会いたい。

だが答えてくれる者はいない。今、小夜を救ってくれる者は誰もいないのだ。

ぽろぽろと涙を零しながら、小夜はその場に座り込み、手にした巾着袋を生きる縁のように強く握りしめた。


三葛製糸場を創業した三葛家の娘であると工女たちに知られた小夜は、その日以来徹底的に無視されるようになった。それは今までと同じだったが、さらに敵意交じりの視線も終始感じて、気が休まる暇もなかった。

寄宿舎でも作業場でも小夜は孤立し……孤独だった。

辰吉宛に送った手紙は、そろそろ届く頃だろう。けれどその手紙によって叔父が動いてくれるかどうか小夜にはわからない。

わからないといえば、小夜の服を切り裂いた人物も誰なのか判明していない。

木原にだけ伝えたものの、それで何かしてくれるということもない。このままうやむやになるのだろう。

恨まれているのかもしれないと思うと、悲しみと同じくらい怖いという気持ちもあり、就寝時には扉の前に炭の入っていない陶磁器製の重い火鉢を移動させていた。

小夜は仕事が終わった後で、切られた個所を少しずつ繕った。丁寧に縫っているので、縫い目もさほど目立たず、これならばまた着られそうだとホッとしていた。

「う……ん、そろそろ休みましょうか」

すっかり独り言が癖になってしまった。時刻は午前零時少し前。明日のために横になった方がいい、と途中まで直した服を衣紋掛けにつるした。

寝間着に着替えて布団を敷き終えた小夜の耳に、小さな音が飛び込んできた。

「……？」

部屋の外——廊下からだ。

気になって、そっと扉を開けた小夜は、すぐに異常に気がついて廊下に飛び出した。

「だ、大丈夫ですか？」

廊下にうずくまる少女の姿があった。

駆け寄るや否や、少女は苦しそうに咳をし始め、それはどんどんひどくなるばかりだった。先日小夜と監督の間でひと悶着があった時に咳をしていた少女だ。

「あの……！　お部屋はどちらですか？」

だが返事はなく、そして小夜以外に廊下に出てくる者もいない。

困りながらも、そのままにはしておけず、小夜は少女の肩に手を置いた。

「部屋に入ってください」

少女の脇の下に手を差し込んで立ち上がってもらうと、ともに部屋の中に入った。

上体は起こしたまま、敷いた布団に座らせる。過去の経験から、横になるより座る形の方が楽なのだ。背中を支えながら掌でさするが、なかなか咳は治まらない。それでも、小夜にできることはこれしかないから、ひたすら治まりますようにと念じながら、背中をさすった。

しばらくして、ようやく咳は治まってきた。だが用心しないとまたぶり返しそうだったので、小夜は背中をさする手の動きを止めずにいた。

「……もう、大丈夫」

　まるで老人のようなしわがれた声で少女は言った。だから掌をどけて、と続けて言われて、小夜はその通りにする。だが立ち上がろうとするのには、慌てて止めた。

「急に動かない方がいいです。また咳がぶり返してしまいますから」

「余計なお世話だわ」

「そうかもしれませんが……、どうしてこんな夜中に廊下に？」

　今日は一層冷え込んでいる。はばかりだろうか、と首を傾げた時、

「咳がうるさいからって部屋を追い出されたのよ。あなたと違って部屋を三人で使っているから」

「そんな……」

「邪魔したわね」

　そう言って少女は再度立とうとした。

「部屋に戻れないのでしたら、今晩はこちらにいらしてください」

　今日はとても冷える。一晩中廊下にないたら、一層悪化してしまう。だが少女は苛立たしそうに、小夜の手を払った。

「放っておいて頂戴。お嬢さまに同情されるなんて真っ平だわ」

　怨嗟を孕んだかのような強い調子で言い放たれる。

「三葛のお嬢さまだって言うじゃない。やむにやまれぬ事情でここに来なければなら

なかったあたしたちと違って、帰れる場所があるんでしょ」

口を開きかけるが、少女のきつい眼差しに、小夜は何も言えなくなってしまう。

「こんな……辛くて、辛くて仕方ないのに、家に帰れない。たとえ帰れたとしても、こんな状態じゃ、もう、あたしは……」

少女はふいにぽろぽろと涙を零した。小夜は思わず、少女の背に掌を当てて静かにさする。

「やめてよ、……やめて……」

それでも手を離さずにいると、少女はキッと顔を上げた。

「いいこと教えてあげる。あなたの服を切ったのはあたし」

「……え」

「三葛の家の娘だって聞いた時、ものすごく怒りが湧いてきたのよ！　今あたしたちが苦しい状況にあるのは上の人たちのせいなんでしょう？　こんなひどい働き方をさせるのは三葛のせ、い……！」

叫んだ刹那、少女は急に口を押えた。そしてそのまま布団に突っ伏す。

「だ、大丈夫で……っ⁉」

やせ細った指の間を伝って布団に落ちた赤い雫を見た瞬間に、小夜は青ざめた。

血を吐く病気を、小夜はよく知っている。

――結核。

きつく目を閉じ苦悶の表情を浮かべる少女に、小夜の顔もまた歪む。

「しっかりしてください。今お医者様を呼んできますから！」

小夜は立ち上がると部屋を飛び出した。

少女は一命をとりとめたものの、結核と診断され、故郷へ帰ることになった。すぐに少女の家に連絡が行き、十日ほど経って兄だという男が迎えにきた。

地元に帰る前夜、青白い顔のままの少女は、小夜を訪ねてきた。

「気をつけてお帰りください」

少女は目を眇（すが）めて小夜を見やった。

「看病してくれたこと、お礼を言うのを忘れていたから。ありがとう」

「いえ」

少女はさらに、ごめんなさいと頭を下げる。服を切ったことへの謝罪だろう。

「……服は」

少女はハッと顔を上げる。

「服は繕えば、また着られるようになります。以前とは変わってしまうけれど、それでも服は服です」

「……」

「でも身体は、壊れてしまったら、もう元には戻りません」

少女はきつく唇を引き結んだ。

「だから……難しいのかもしれないけれど、……無茶は、できるだけしないで、ください」

「……!」

「せっかく助かった命です。だから、どうか養生してください」

回復をお祈りしています。そう言った小夜に、少女はありがとう、と二度目の礼を口にした。


昨日は今冬初の雪が降った。だが積もるまでには至らず、今朝は空気がカラカラに乾いている。颪はとびきりに冷たく、小夜は寄宿舎から外に出た途端に身を震わせた。

三葛製糸場で働き始めて三年と二カ月が経つ。この寒さにも慣れたように思っていたが、やはり颪の強さ冷たさには毎年震えずにはいられない。

寄宿舎から作業場までの道程を、小夜は足早に進んだ。繭選り作業場ではなく、繰場の方だ。一年ほど繭選り作業を行った後で、小夜は繰場への異動を命じられた。製糸場内で一時結核が流行してしまい、次々に工女たちが退職し故郷へと帰ることになった。人員はもちろんまったく足りず、製糸場は閉鎖寸前までいきかけた。だがこれではいよいよ立ち行かなくなると東京の本社は慌て、増員に踏み切ったのだ。その年より毎月五十人を超える工女が増員されたものの、そのうち半分以上がさほど経たずに辞めてしまうために、今でも人員は足りていない。綱渡りの状況であることは、小夜も理解していた。

日々の仕事は、増えることはあっても減ることはない。そして小夜は三年前同様、ひとりだった。新しく入ってきた人々にも、小夜が三葛家の娘であると知られているということもあったが、金色の髪を見るなり皆避けてゆく。

ひとりがすっかり慣れたとはいえ、さみしいと思う気持ちが消えることはない。

唯一の心のよりどころはといえば、ひと月に一度送られてくる八重からの手紙だ。八重は奉公人としての仕事の傍ら、足しげく療養所に通い、会える時には必ず清史郎と話をし、会えない時には医師や看護婦から様子をうかがってくれた。それを事細かにそして八重らしい楽しい描写も添えて、手紙を送ってくれるのだ。

（八重さん、もし会えたなら、きっとびっくりするわ）

三年と二カ月の間に、小夜は身丈が五寸も伸びた。八重に贈られた服ももう着ることはできないが、大事にしまっている。そして早いもので、あと一週間もすれば、小夜は十六歳になる。

（お父さまも驚かれるわ）

先日届いた手紙には、父は小康状態を保っているという。たくさんの人の命を奪う怖い病気だ。油断はできないけれど、八重の手紙が届くたびに安堵する小夜だ。

繰場での作業は神経を使う。ずっと生糸に触れているために指先は割れてガサガサだ。寒さに手をこすり合わせながら繰場へ急ぐ小夜だったが、門から敷地内に入ってきた人物に気づいて、歩を止めた。

仕事始まりの時間だから、まだ辺りは暗い。

（こんな時間に、来客？）

いぶかしく思い、小夜は控えめにその人物に目を向けた。電燈の灯りの下、相手の人物は小夜に気づいた。小夜は相手の顔を見た瞬間、あっと声を上げた。

「辰吉叔父さま……！」

「なんと、小夜かい」

たがいに目を丸くして見つめあうこと数秒。やってきた人物――辰吉は、記憶の中より皺の数も白髪も増えた。そして三年前に見たように、やはり少し疲れたような表情をしていた。

「……ご無沙汰しております、叔父さま」

「うん。久しぶりだね。元気そうで何よりだ」

穏やかで優しい声は変わらない。

「うん、本当に元気そうで良かった」

辰吉は繰り返しそう言った。そして疲れた顔のままにっこり笑う。――笑ったように見えたけれど、なんだか違う表情にも見えた。

「小夜、東京に帰るよ」

あまりにも突然の言葉に、小夜は呆気に取られる。

「あの、それは、……もしやお父さまが……!?」

父に何かあったのではないかと、顔を強張らせるが、辰吉はいやいやと首を横に振った。ホッとしたのも束の間、叔父は続いて小夜が思いも寄らぬことを口にした。

「実はね、小夜に縁談の話が来ているんだ」

「……は、い？」

「覚えているかなぁ。九条男爵家の三男、青吾さんを」

覚えているも何も、彼の、小夜の帽子を取るという行為があったから現状があると言っていいのではないだろうか。

だが小夜はそれを口にはせず、叔父の話を呆気に取られたまま聞いていた。

「彼は三年前から英吉利に遊学していたんだけど、先日帰国してね、その時男爵とともにお会いしたんだが、小夜のことを覚えていてくれたんだ」

「……」

「青吾さんには妻がいるが、ぜひ小夜にもそばにいてほしいと言ってくれているんだよ」

「……奥様がいらっしゃるのに、ですか」

縁談と言ったが、それはつまり——。

妾になれと、そう言っているのだろうか。

「いい話だと思うんだ。とにかく小夜、東京に帰るからね」

それは『決定事項』なのだ、と。

三度小夜は言外にそう言われたのである。

第四章

小夜が東京に帰ることを決断したのは、九条男爵家の三男の妾になることを了承したから、というわけではなかった。

三年前東京を去る時、『元気でいて、必ず東京に帰ってきて、父に会う』のだと心に決めていたからだ。

何よりも今、小夜が願っているのは、父との再会だった。

八重からの手紙を読むたびに、自分も会いたい、会って話がしたいと思い続けてきた。今、叔父に帰らないと言えば、恐らく小夜は製糸場から出られない。三年と二カ月勤め上げた製糸場の仕事は、もちろん辛いことが多かったけれど、たくさん知ることもできた。身についた経験は、小夜に力をくれた。強くもなれた。何もできず何も選ぶことができず、ただ言われるがまま『決まったこと』に従うしかなかった十二歳の自分とは違う。

九条男爵家の三男がどういう理由で小夜を求めたのかはわからない。けれどただ黙って諾々と従うだけでなく、問うこともできるだろう。

東京へと帰る電車の中で、向かい側に座る叔父を見る。すると小夜の視線に気づいた辰吉は、ああ、そうだ、と口を開いた。

「時間があるから、九条家の話をしようか」

　あまり聞きたい話ではないけれど、と思ったものの、相手のことを何も知らないのも良くないかもしれないと思い直す。

「青吾さんというのが、また秀才でね、英語に仏蘭西（フランス）語、それから露西亜語もペラペラなんだ。子供の頃には神童とも言われていたそうだよ」

　辰吉は九条青吾のことを褒めちぎった。

「背は外国人に見劣りしないほど高く、容姿端麗。運動もなんでもできるそうだよ」

「そうなのですね」

　申し訳ないが、二度しか会っていないために、顔もはっきりとは覚えていない。

「そんな、なんでもできる青吾さんだが、ちょっと面白い趣味を持っていてね」

「趣味、ですか」

「そうそう、変わったものを収集するのが好きなんだそうだ。なんでも人魚の木乃伊（ミイラ）とかツチノコの尻尾とか河童の皿とかね」

　それは本当に実在するものなのだろうかと、内心首を傾げていると、

「三本足のカラスのはく製なんかもあるらしいよ」

　それを聞いた途端、小夜は大きく目を見開く。

「三本足の、カラス……。それは」

「八咫烏と言うそうだ。神の遣いだとかなんとか」

（神様の遣い……）

確かに金色カラスは、神様の遣いだと、小夜は信じていたが——はく製？

にわかにソワソワと落ち着かない気持ちになる。

生き物は、生きていてこそ美しいと小夜は思う。はく製は長い間姿が変わらないけれど、やっぱり小夜は、生きて、動いて、飛翔する姿こそ見ていたい。

辰吉の話を聞きながら、小夜はこれから待ち受けている九条青吾との再会に向けての心積もりをしていた。

三年二カ月ぶりに帰ってきた三葛家は、外観は思い出のままだった。だが生活する場である日本家屋の方に足を踏み入れるなり、あまりの変わりように小夜は目を瞠った。日本家屋であるにもかかわらず、家具調度品が舶来品に変わっていたのだ。

小夜が生まれ育った家が、今は隅から隅まで見覚えのないもので溢れている。

「友子がね、実は昔から海外の物に憧れていていてね」

友子の和装姿しか見たことがなかったから、辰吉の言葉に小夜は驚いていた。

「ああ、小夜の部屋はそのままにしているよ」

唖然としている小夜の心情に、さすがに気づいたのか、辰吉はそう言い添えた。

「あら、お帰りになりましたの」

自室へと進む中、廊下の逆側からやって来たのは、洋装に身を包んだ友子だった。

「ああ、ただいま」

「お帰りなさいませ」

頭を下げた友子は、顔を上げるなり、小夜へと目を向ける。辰吉と違い、友子は思い出の中より若返ったように見える。友子はおとなし気な顔立ちだが、純白の洋装は、彼女によく似合っていた。

その友子に、頭の先からつま先まで全身隈なく視線を向けられた小夜は、小さく身動ぎした。

「みすぼらしい恰好。旦那様、まさかこの恰好で青吾さまのもとへ伺わせるのですか」

「いやいや、そんなはずないだろう。小夜、部屋に八重を向かわせている。身なりを整えたら居間に来てくれ」

八重、の名を聞いた途端、小夜は我知らず笑みを浮かべていた。

そうして足早に向かった自室の扉を開けるなり、中にいた八重が駆け寄ってきた。

「小夜お嬢さま！」

「八重さん！」

互いの名を呼び合うや、小夜は八重に抱き着いた。

「久しぶりです！　お元気そうで本当に良かった」

「それは八重が言いたかったことですよ、お嬢さま」

八重は涙ぐみながら、しげしげと小夜を見つめた。

「お美しくなられて……、千夜さまにそっくり」

「お母さまに？」

「ええ、ええ！　それに背も随分伸びましたねぇ！　八重とほとんど変わらないじゃありませんか」

小夜はふふっ、と笑った。

「きっと八重さん、びっくりすると思っていました」

「旦那様……清史郎さまにはお会いになられましたか？」

「療養所には行ったのですが……」

小夜は首を横に振った。家に戻る前に会いたいと辰吉に頼んで向かったものの、朝から少し状態が悪いと言われ、面会はかなわなかったのだ。

(明日、また行こう)

ひとしきり再会を喜び合った後で、八重は腕まくりをする。

「小夜お嬢さま、まずは入浴をしてきてくださいな。その間にお着物の準備を整えておきます」

小夜は早速浴室に向かった。

製糸場には大きな浴場があったが、ゆっくりと入れる状態ではなかった。

小夜は久しぶりに時間をかけて風呂に浸かる。

(あたたかい……)

華奢なのは子供の頃からだ。なかなか太れずにいる小夜は、細く伸びた自らの手足を見下ろした。

(身なりを整えて、ということは、今日九条家に向かうということ)

小夜はひとつ息をついた。

「九条青吾さま、……どんな方なのかしら」

変わった物の収集が趣味だという。それはもしかして、小夜が金色の髪をしているから興味を惹かれた、ということなのだろうか?

首をひねりつつ、久しぶりのひとりでの入浴を堪能した小夜は、ゆっくりと湯船から立ち上がった。

部屋に戻り、八重が用意してくれていた青地に雪華(せっか)模様も美しい着物に身を包む。

半襟は白、帯は濃紺に金の小さな花が刺繍されたものだ。

「すべて千夜さまが着用なさったお着物ですよ」

八重は、小夜の金色の髪をそっと掬った。

「最初にこの御髪を見た時にはそりゃあびっくりしましたが、綺麗ですねぇ」

「……ありがとうございます」

金色の髪を綺麗と言ってもらえて嬉しかった。それが八重ならばなおさらだ。

「小夜お嬢さま、本当に九条家に行かれるんですか？」

「まずお会いして、お話を伺ってこようと思います。八重さん、訊きたいことがあるのですが」

小夜はひとつ質問をした。八重の返事を聞いた小夜は、静かに息をついた。

「そうですか……」

「ですが小夜お嬢さまが犠牲になる必要はないと八重は思うんですよ」

今にも泣きそうに顔を歪める八重に、小夜は大丈夫です、と笑顔を向けた。

「三葛製糸場で、三年頑張ってきました。長い間働いてきた人たちには全然敵(かな)いませんが、それでも十二歳の頃のわたしより、少しだけ力もつきました。――自分のことは、自分で決めたいです」

小夜の返事を聞くなり、八重は号泣した。

「や、八重さん？」

「ご立派に……ご立派になられて……、八重は嬉しいです、小夜お嬢さま！」

ぼろぼろと涙を流す八重を宥めながら、小夜は昔から変わらないその姿に、安堵を覚えるのだった。

三葛家を出発したのは、夕刻間近だった。九条青吾宅まで行くために車が用意されていた。青吾が寄越したという。

日本ではまだ車はほとんど走っていない。所持しているのはごくごく一部の富裕層のみだ。

運転手が恭しく車の扉を開ける。小夜が先に乗車し、続いて辰吉も乗り込もうとしたのだが、運転手に待ったをかけられた。

「主より三葛小夜さまのみお連れするよう言付かっております」

「えっ、そうなの？」

辰吉は頓狂な声をあげた。小夜もまた車中で戸惑い、叔父の顔を見上げた。

「あ、ああ、じゃあ、小夜、行っておいで」

行かないという選択肢は、小夜には残されていなかった。覚悟を決めて、座り直す。

ガタガタと揺られながら、小夜は身支度を整えた後に叔父夫婦と話したことを思い出していた。

曰く、九条家と三葛家の絆をより一層深めるために、青吾が望む小夜を送り出すのだ、ということだった。

（三葛の会社は、もう本当に危ない……のね）

八重に訊いたのは、現在の経営状況だった。以前友子が、九条家がいなければ三葛家は終わり、と言っていたが、もしかしたら本当なのかもしれないと思ったのだ。

八重の話によれば、叔父が父の代わりに社長職に就いて以来、業績は下がり続けており、現状は相当危ないらしい。

『辰吉さまに、経営の才はないという噂です』

『本来は三年前に青吾さまと修子さまとの縁談があったようなんです。ですが何がどうなったのか、破談となってしまった。それからすぐに青吾さまは別の方と結婚をしたのですが、妻を日本に置いて英吉利に行ってしまわれたそうで』

こう言ってはなんですが、相当変わったお方だと。

こうして話を聞く限り、確かに変わっているなと小夜も思う。その青吾と、ちゃんと話ができるだろうか。

不安が頭をもたげるが、小夜はすぐに顔を小さく振った。

（弱気にならないの）

小夜は改めて、覚悟を決めた。

車が目的の屋敷に到着した時、すでに日はとっぷりと暮れていた。

(ここ……九条邸ではないのでは?)

日が暮れてしまったために詳細はわからないが、道すがら車窓から覗いた景色はどんどんのどかになってゆき、やがて洋館が何棟も目に入った。

(もしかして、別邸、かしら)

華族や富裕層たちは本宅のほかに別邸や別荘を持っているという。

「大変お待たせいたしました、三葛小夜さま。どうぞお降りください」

運転手に丁寧に促された小夜は、そっと降り立った。そして目の前に聳(そび)える豪邸に、思わず小さく口を開けた。

そこかしこに電燈が並んでいるために、二階建ての館の様子はよく見える。

「九条家の別邸にございます。こちらには青吾さまがおひとりで住まわれております」

「……おひとりで、ですか。あの、奥様がおられると伺っているのですが」

「波子(なみこ)さまは、本宅に住んでおられます」

「……そう、ですか」

「ああ、おひとりと申しましたが、もちろん使用人も十人ほど住んでおります。仏蘭西人シェフが手掛ける洋食はとても美味でございますよ」

運転手はそう言うと、恭しく頭を下げた。

緊張しながら巨大な観音開きの玄関扉の前に進み入ると、微かな金属音とともに、扉が開かれた。

たくさんの灯りが据えられているために、昼のように明るい。玄関ホールには、黒いワンピースに白い前掛けの、揃いの洋装をした四人の女性が頭を下げている。

「ようこそお越しくださいました三葛小夜さま」

「……こんばんは」

「ご案内いたします。どうぞ」

四人のうちの一人が進み出て小夜を先導し、二階へと向かった。

縁飾りも美しい純白の扉の前までやってくると、女性は扉を押し開ける。

「三葛小夜さま、どうぞ」

扉が開かれたその先の部屋には、天鵞絨（ビロード）のソファにゆったりと腰かける男がいた。

夜の闇を溶かし込んだような、癖のある黒髪と青みを帯びた切れ長の双眸。美しく整った鼻梁（びりょう）に、笑みを浮かべた薄い唇。

（この方が、九条青吾さま）

これまで二度会っているが、いずれもとても短い時間だったから、正直よく顔は覚えていなかった。ただ、美しい黒髪だったということだけは、記憶に残っている。

辰吉が言っていたように、確かに容姿端麗という言葉にふさわしい美貌の持ち主だ。

だが、彼の周りに置かれた物に目を向けた途端、そのあまりの奇抜さに小夜は息をのんだ。

（あれは……、はく製？）

巨大な猫のような動物がいる。本物を見たことがないが、虎だろう。その隣には大きな犬……ならぬ狼がいる。さらに亀、それに大きく口を開けた、あれは鰐（わに）、というものだろうか。

小夜は幼い頃に読んだ動物図鑑を思い出していた。

はく製の総数は、二十は下らない。その、今は命を失った動物たちが、九条青吾の周囲に、ずらりと並んでいるのだ。その異様な状態に、小夜は言葉を失う。

「ようこそ、三葛小夜くん。久しぶりだね」

小夜はハッと我に返ると、頭を下げた。

九条青吾は穏やかな笑みを浮かべながら、ソファから立ち上がった。そしてゆっくりと小夜に近づいてくる。

「やあ、やっぱり美しい」

「……え？」

「つい先日まで僕は英吉利にいたんだが、これほど美しい金色の髪をした者はひとりとしていなかった。金髪が当たり前の外国なのにね。だから僕は我慢できず、英吉利だけでなく欧羅巴各地を見て回った。仏蘭西、伊太利、独逸、阿蘭陀。だがどこにも、君のこの髪色に敵う者はいなかったんだよ」

　九条青吾は、また一歩、歩み寄ってきた。小夜は思わず退く。だが彼我の距離を、青吾は一気に縮めてきた。そして小夜の頭をふわりと撫でる。するとどうしたことか、きちんと纏めていた髪が一瞬のうちに解けて背中へと流れた。

「あっ」

「本当に美しい。たおやかで豊かで、まるで清流のように清らかだ。流石、神より神であれと貴ばれた八咫烏一族その本流の王たる血を引く者の色だね」

　何を言っているのか、小夜にはひとつもわからなかった。……否、ひとつだけ理解できたことがある。それは、

（この人は、わたしと金色カラスさんが『契約』したことを知っている？）

「小夜くん、この髪、僕にくれないかな」

「……え？」

「この髪が欲しいんだよ。本家本流の、八咫烏一族の時期王たる八咫烏千明の色が欲

しいんだ」

再び小夜の髪に手が伸びてくる。だが小夜は咄嗟に飛び退った。そしてそのまま振り返らず、部屋を飛び出す。

(あの方は……本当に九条青吾さまなの？　なぜわたしの髪が、金色カラスさんと交換したものだと知っているの？)

わからないことだらけの中、それでも髪を欲しがるあの男のそばにいてはいけないと、本能が告げていた。階段を駆け下り、外に出ようとしたが、扉は固く閉ざされている。先刻までいた使用人たちの姿もない。

「逃げなくてもいいよ。怖いことしないからさ。君の髪をもらうだけだよ」

(それが嫌なんです！)

「待て待て、すごいね君、速いな」

笑いながら追いかけてくるから、恐ろしくてたまらない。小夜は半泣きになりながら、男から逃れるべく全力で走った。だが、やみくもに走るうちに、壁に行きあたってしまう。小夜は仕方なく右手にある階段を駆け上がった。

(外に出たいのに、二階に上がるのはダメでしょう……！)

ぐるりと回って、最初に降りた階段を使わなければ、と走りながら考えていた小夜は、廊下に面したいくつもの部屋の扉が、突如として開いたことに仰天する。

「きゃあ！」

危うく扉に激突しかけたが、寸(すん)でのところで止まれたために、難を逃れる。けれど止まったことで、男に追いつかれてしまった。肩を摑まれかけたが、それを払って部屋の中に飛び込む。そこは、最初に入った部屋だった。

(戻って、来てしまったの……)

息を切らしながら、小夜は小さく唇を嚙む。

「追いかけっこはおしまい。さ、髪を頂戴」

「い、嫌です。この髪は、わたしにとって、とても大事なものなんです」

「くれないの？」

「あ、あげません！」

「じゃあ、もう許可は取らない」

男の声が急に低くなり、小夜は背筋を冷たい刷毛でスウ、と撫でられたような悪寒を覚えた。

その手には、いつの間にか鋏(はさみ)が握られていた。銀色の鋏は、天井の洋灯の光を受けて、キラリと光った。

(ああ……！)

髪を引っ張られ、今にも切られそうになる。その瞬間小夜の頭の中には、黄金色の羽根を羽ばたかせる美しい鳥――金色カラスの姿が、くっきりと浮かんだ。

「金色カラスさん……！」

胸元の巾着袋をぎゅっと握りしめながら、小夜は金色カラスを呼んでいた。

覚悟していた衝撃は、いつまで経ってもやってこなかった。そのことを不思議に思い、小夜は閉じていた眼を、そっと開く。

「……え」

自分の前に黒い壁……ならぬ、黒い外套、を着た人の背中があった。

小夜はその背中を、ぽかんと見つめる。見つめることしか、できなかった。

「八つ裂きにされる覚悟はあるか」

ひどく物騒な声が、小夜の耳を打つ。初めて聞く声だ。なのに、どうしてか懐かしいようにも思えて、小夜は混乱する。

「わぁ怖い」

返す声、これは九条青吾のものだ。ふざけた声音に、小夜の目の前にある背中が、ピクリと震えた。

「殺す」

本物の殺気に、小夜は身体の芯から震えた。

「ええ？　愛(いと)しの小夜ちゃんに、そんな怖い言葉を聞かせてもいいんですか？　我が時期王よ」

「誰が誰の我が王だ」

空を切り裂くような鋭い音に続いて擦過(さっか)音がした。

「うわ、本気ですか」

「本気じゃないと、なぜ思う」

「怖いなぁ。わかりましたよ。今日のところはその髪は諦めます。ではさらば！」

そう言うや、青吾は大きな窓を勢いよく開けると、ためらいもなく飛び降りた。

「あ！」

思わず声を上げた小夜は、だが次の瞬間羽ばたく音が耳に飛び込んでくる。目を凝(こ)らせば、夜の闇に紛れ、黒い鳥が空へと飛び去っていくのが見えた。

「え、……え？」

どういうことなのか、わけがわからない。

小夜はその場で呆然と立ち尽くしていた。

我に返ったのは、黒い外套の背中の主が、ゆっくりと小夜を振り返ったからだ。

小夜より頭二つ分、背が高い。首を伸ばさないと、顔が見えない。その相手の顔を見るのは、少し勇気がいった。

そろり、と目を上げる。

まっすぐな黒髪は、襟足を隠すくらいの長さで、前髪は眉と目の間くらいだ。ずいぶん櫛(くし)を通していないようで、せっかくの美しい黒髪が、ところどころ跳ねたり毛先があらぬ方を向いたりしている。だがそれも、なんとなく彼の個性に合っている気がする。

強い意志を感じさせる鋭い眼、鼻筋はきれいに通っていて、何か言いたげに少しだけ開いている唇も形よく整っている。

初めて会う『人』だった。

けれど、小夜は彼の顔を見た瞬間に気づいた。

その美しい宝石のような金色の瞳は、何度も、何度も見たことがあったからだ。

小夜は小さく喉を鳴らし、震える声で、そっと囁いた。

「……金色、カラスさん、ですか?」

と。

第五章

金色カラスさん、ですか？

そう問いながらも、小夜は心の中で（そんなこと、あるのでしょうか）と疑問も抱いていた。

カラスが人間になる――それが現実に起こり得るなんてにわかには信じがたい。けれど小夜は金色カラス（と黒カラス）が人の言葉を話すことも、不思議な力を持っていることも知っている。その力の恩恵に与り（あずか）こうして健康な身体を得たのだから。

疑問を持ちながらも、もし小夜の言葉が肯定されたのならば――。

ひたすら目の前の青年に視線を注ぐ小夜に、相手は居心地が悪そうに身動ぎをした。

一瞬目を逸らし、けれどすぐに小夜の面（おもて）へと視線を戻す。

鉱物のように無機質に見えた双眸に、次第に熱が帯びてゆくのが見受けられ、小夜はハッと我に返った。

（じっと見つめすぎてしまいました……）

そんな自分が恥ずかしくなって、小夜はわずかにうつむいた。

「小夜」

（……なんて優しくあたたかな声）

「小夜」

（そして、少しだけさみしそうな声）

「小夜」

三度名を呼ばれた小夜は、そっと顔を上げ、目の前の青年に視線を戻した。

青年は顔を上げた小夜に、ホッとしたように息をつく。

「怪我などしていないか？」

「あ、だ、大丈夫です。ありがとうございます」

ドキドキと波打つ胸に、無意識のうちに両手を重ねつつ、小夜の身を案じてくれる青年に礼を言う。だが青年はというと、いきなり彼我の距離を詰めてきた。そして小夜の手を取る。

「え⁉」

「大丈夫ではないではないか。これは？　あの男に傷つけられたのではないか？」

「傷？　あ、違います。これは、製糸場で働いていた時のもので……」

「製糸場？　働く、とは？　あ、いやその前に」

青年はいくつも問いかけてくるが、すぐに握ったままの小夜の手に視線を落とした。

製糸場で働く間に酷使した小夜の手はひどく荒れていた。つま先はささくれ、指先はひび割れていて、些細な加減で血が滲むこともある。今も、何かの拍子にぶつけでもしたのか、数本の指先から出血してしまっていた。

痛ましそうに顔を歪めた青年は、間近から顔を覗き込んできた。

「小夜、この傷を治したいのだが」

「え」

「それを望むか？」

「……あの、それは」

幼少の頃交わした金色カラスとの『契約』のことが頭をよぎる。

小夜を健康にする代わりに黒髪をもらう――つまり対価交換ということだ。今青年は、その時と同じことを告げているのだと小夜は思い至った。

「治したい、とは思いますが」

だが治してもらうには、小夜からも何かを捧げる必要があるのではないだろうか。

「……手を握ってもいいか？」

「？　はい」

というか、すでに何度も握られている。首を傾げながらもうなずくと、青年は神妙に小夜の指と自らの指を絡め、優しく握りしめる。

「願いを叶えてもらった」

青年がそう言うや、見る見るうちに小夜の荒れた手から傷が消え、同時に痛みも失せてゆく。

（……すごい）

すっかりきれいになった手に、小夜は驚きながらも顔を綻ばせた。

「ありがとうございます、金色カラスさ……、あの、金色カラスさん、ですよ、ね？」

「千明という。そう呼んでくれ」

「ちあき、さま」

そういえば、子供の頃黒カラスも『千明さま』と呼んでいたことを思い出す。

千の明かりをともす方……まるでそれは太陽のようではないか。

神様を前にしたような畏怖を感じた小夜は、身動きもせずその場に立ち竦む。

「千明、だ」

「あ、はい、千明、さま」

「さまはいらない。名前だけ呼んでくれ」

「え？　そ、それは」

「呼びたくないというのか？」

「そうではなくて、呼び捨てというのは、今まで誰に対してもしたことがなくて」

（しかもそれが、神様のような方に対してだなんて、とても、無理……！）

「ならば俺がひとりめということだな」

だというのに、青年——千明はなんだか嬉しそうにそう言う。

「あの、そ、それは難しいと言いますか……！」

「難しくはないだろう。小夜は俺に、様などつける必要はない」

「そうは仰(おっしゃ)いますが、難しいことは難しいのです」

「なぜだ。俺は小夜に、番(つがい)となってほしいと思っている。ほかの誰もがそう呼ばずとも、小夜には名前のみで呼んでほしいのだ」

熱心にそう言い募る千明に困惑しながらも、途中で聞き慣れない言葉があったことが引っかかって、小夜は首を傾げた。

「つ、がい、とは、なんでしょうか？」

「番は番だ。小夜、俺は初めて見(まみえ)た時から其方(そなた)を好ましく思っていた。それゆえ人の形となるべく、ここで再会する直前まで修練を積んでいたのだ」

（この文脈からすると、つ、番、とは、つまり……）

悟った瞬間、小夜は顔を真っ赤にして両手で覆ってしまう。

「おっ、お待ちくださ……」

「何もかもすっ飛ばして、何言ってるんですか、千明さま！」

突如として声がその場に響き渡った。

滑舌のいい、少し高めの男性のものだ。小夜は驚くあまり、その場で小さく跳ねてしまう。声の出所を探すが、どこにもない。だがその時、数あるはく製の中から、一匹の黒い影が音もなく近づいてきた。

「……！」

猫だ。全身に闇をまとったかのような黒猫が、千明の足元にちょこんとお座りをした。

「気が早いにも程がある。小夜殿が困っていらっしゃるじゃありませんか！」

「……！　猫さんが喋った⁉」

「喋りますよ。だがそれはとりあえず置いておくとして、千明さま、授業で僕が言ったことを忘れたのですか？　自分本位に結論だけ語らない。きちんと相手にもわかるように、順序よく話しなさいと。貴方の頭の中では完結していても、他の者には伝わらないのですからね」

黒猫は強気だった。足元からの説教に、千明もまた困惑しているようだ。

「とにかくここは落ち着かないので、場所を移しますよ。小夜殿の近況も伺いたいし、ご家族も心配しておいででしょう。さ、参りましょう」

黒猫が率先して部屋を出ていく。

どこかで会ったような気がしてならず、首を傾げながら黒猫の後ろ姿を見ていた小夜は、あっと声を上げた。

「もしかして、黒カラスさん、ですか？」

「カラスは大抵黒いものですが、千明さまとともに幼少の頃小夜殿のもとへ赴き、契約を持ち掛けたのは僕です」

雲雀（ひばり）と申します、と振り返らないまま黒猫は名を告げた。

（カラスさんが猫さんになって人の言葉をしゃべって、カラスさんだけどお名前がヒバリさん……）

夢を見ているのではないかと疑いたくなる。

ふわふわとした心許（こころもと）なさを感じながら進んでいたために足元が疎（おろそ）かになった小夜は、危うく階段を踏み外してしまいそうになった。

「……！」

そこを、咄嗟に手を伸ばした千明に支えられる。

「あ、ありがとうございます。すみません……」

「いや、……少し会わないうちに背丈が伸びたな」

（少し……？）

「十年ぶりですから、背も伸びます」

小夜が苦笑すると、千明はふと足を止めた。

「――十年」

「はい。……千明さま？」

「そんなに経っていたのか」

呟かれた言葉は低く、小夜は聞き逃した。問おうとした時、ちょうど階段は終わり、一階の玄関ホールに到着する。先刻まで無人だったが、目の前には小夜を部屋まで案内した女性と車の運転手の姿があった。

「御（おん）八咫烏ノ千明さま、御八咫烏ノ雲雀さま、我が主のしでかしたこと、伏してお詫び申し上げます」

女性はそう言い、深く頭を下げる。

「詫びは俺ではなく小夜にすべきだろう」

先刻まで小夜と話していた時とはまるで違う、平坦で冷たい声音。小夜はそっと千明の顔をうかがった。

「もちろんでございます。三葛小夜さま、心よりお詫び申し上げます」

（怖かったけれど……）

「……あなた方のせいではないので、頭を上げてください」

どちらかと言えば主人に振り回されている気の毒な人たちではないか。

「小夜さまのご自宅までお送りいたします。どうぞ」

「必要ない」

千明は素っ気なくそう断じると、手で外套を払うように広げた——と次の瞬間、小夜は千明の腕に抱き寄せられていた。

「……！」

外套ですっぽり包み込まれた形になった小夜は、自らの頬が千明の胸に触れていることに気づいて、羞恥に身を強張らせた。

「小夜、しっかり摑まっていてくれ」

「え？　え？」

意味もわからず戸惑う小夜は、足が玄関ロビーの床から浮いていることに気づいて、思わず声を上げた。

「え、ええ……っ⁉」

千明は小夜の身体をしっかりと支えながら、宙に浮いた。そして開けられていた玄関扉から外へと、まるで鳥のように飛翔したのである。

「ああ！　ちょっと、千明さま！」

屋敷の中で、黒猫が叫んでいる。だが小夜はそれどころではなく、驚きと恐怖のあまり、無我夢中で千明に縋りついた。

（そ、……空を、飛んでいる……！）

自由に羽ばたく鳥たちをうらやましく思ったことはある。けれど自分が飛ぶとなれば話は別だ。初めての経験に、小夜は身を竦ませ、ぎゅっと目を閉じた。

「小夜、小夜」

「ち、千明、さま……！」

「目を開けてみろ」

「無、無理でございます！」

「大丈夫だ。俺が小夜を落とすなど万にひとつもない」

「ですが、……！」

「絶対に落とさない」

断言する、その言葉の強さに、小夜は漸う震える瞼を開く。

視界は闇で覆われている。何も見えない——否。

「顔を上げてくれ」

言われるまま、そっと上向いた、その視線の先には、強さとひたむきさの滲んだ千明の顔がある。そしてさらにその先には……。

「月と星が……」

なんて美しい。

小夜は思わずそう呟いていた。

磨かれた鏡のような丸い月と、満天に散らばる幾千もの星が、小夜の双眸に映る。

冬の冷たい風も、恐怖も、一瞬忘れた。それほどに美しい夜空に、小夜は目を奪われた。

「怖がらせてすまない。だが、少しでも早くあの場から其方を遠ざけたかった。まして やあの男の家の者の世話になどなるつもりはなかった」

「……千明さま」

「だからといって急に飛ぶ者がいますかあ！」

叫んだのは、黒カラスだ。慌てて千明と小夜を追いかけてきたのだろう。

「いつも言ってますよね、不言実行ほど周りが迷惑することはないって！　人間のお嬢さんをいきなり空にかどわかすなんて、九条のあの男と同じじゃないですか！」

激しい口調で千明を詰る。

「あ、黒カラスさ……雲雀さん、同じとは思っていません。ちょっと、……びっくりしましたが、人の姿でも飛べるなんて、す、すごいですね……」

「小夜殿、最初から甘い顔をしてはなりません。嫌なものは嫌だときちんと口にしなければ、千明さまには通じませんよ」

「……はい。でも、嫌ではありません、から」

「かあ！　それが甘いというのですよ、小夜殿」

「そうですとも。まあ、ここまで来てしまったのだから仕方ありません。このまま小夜殿の家へと向かいましょう」

もしお話ができる余裕がありましたら、お聞かせください。

雲雀が水を向けてくれたので、小夜はうなずいた。

足がつかないという状態は、やはり落ち着かないし、恐怖が完全になくなったわけでもない。それでも、しっかりと支えてくれる千明への信頼の方が勝った。

小夜にとって金色カラス――千明は、神様のような存在なのだから。

小夜は息を整えると、ゆっくり唇を開き……だが、途中で小さく首を竦めた。

「小夜殿？」

「あ、あの、……あの、千明さま」

「うん？」

「わたしの髪が、気になりますか？」

髪に、何かが触れている。両手は小夜をしっかり抱えてくれているから、千明の顔……頬や額のようだ。ふわふわと、まるで毛づくろいをしてくれているようで、落ち着かないことこの上ない。

「とても触り心地がいい」

顔が見えないのではっきりとはわからないが、千明が笑んでいる気配を感じる。

何度も撫でられ、触れられて、このままではドキドキしすぎてとても落ち着いて話ができない。

「千明さま、小夜殿の話を聞きたくはないのですか?」

助けを乞うように、雲雀に目を向けると、黒カラスはため息をついた。

「聞きたいが、小夜に触れてもいたい」

「小夜殿が困っていますよ!」

「困っているのか?　小夜」

「ええと、できましたら、今は、少々遠慮したいと……」

「そうなのか」

消沈する声に、小夜は慌てる。

「い、今は、です……!」

「では、あとでなら大丈夫か?」

「あの、……と、時と場所と場合によっては」

「では時と場所と場合を選んで小夜に触れる」

「……」

(なんだかとんでもない約束をしてしまったような……)

案の定、雲雀は『だから言ったでしょ。嫌なことはきちんと口にしなきゃって』と呆れていた。

髪から千明が離れてから、小夜はゆっくりと唇を開いた。

「お会いできなかった十年の間のことを、お話しします。金色カラスさん――千明さまとの『契約』の後、父が結核を患いまして――」

小夜は十年前から現在までの、己の身に起こった出来事を、努めて客観的に話して聞かせたのだった。

そうして九条青吾のもとへ行くことになった理由までを話した時、ずっと小夜を支えてくれている千明の腕に、さらに力が込められるのを感じた。

「千明さま?」

「すまない」

「え?」

俺がもっと早く来ていれば、と呟いた声は、風に紛れてしまいそうなほど小さかったが、しっかりと小夜の耳に届いた。

「千明さま……ですが金色カラスさんは、ずっとわたしを支えてくださいました」

「だが、その時、その瞬間、小夜が辛かった時に、そばにいたかった」

「そのお気持ちだけで、嬉しく思います」

小夜は微笑んだ。千明は小夜の眼を覗き込み、その言葉が本心であることを察したのだろう、小夜を包み込む腕に優しく力を込められる。

「まあその時千明さまは郷で修練の真っ最中だったので、駆けつけることは無理だったのですがね」

「修練、ですか？」

「ええ、人の形を取るための、そして人の形を取りつつ本来の力も発現できるようにするための修練です。わき目も振らず一心不乱に修練し、十年かけて、ようやく人の形を取ることができるようになりました」

そうだったのですね、と小夜は小さくうなずく。

（十年もの時間がかかるなんて、人の形となることは、そうそうできるものではないのね）

そう考え、だがふと、小夜の頭の中に疑問が湧いた。

「あの、伺ってもよろしいでしょうか？」

「なんだ？」

「そもそも、どうして人の形を取る必要があったのですか？」

「それは小夜と番うには人の形を取らねば為せないからだ」

「……！」

小夜はつい先刻初めて耳にした『番う』という言葉の持つ意味を悟り、一瞬で顔を真っ赤にした。

「千明さま……あなた身も蓋もない言い方を。小夜殿、千明さまはまだ幼い故直截な表現しかできませんこと、僕からお詫び申し上げます」

「お、幼い、ですか？」

確か千明は小夜より四歳年上だったと記憶している。とすればすでに二十歳になるのではないだろうかと首を傾げる小夜の頭の上で、ふたりのやり取りは続く。

「そういうお前は齢百八十の爺ではないか」

「爺とは失礼な！　百七十八歳ですよ、まだ！」

「ええ⁉」

衝撃的な真実に、小夜は目を白黒させる。

(百七十八歳！　もしかしてカラスさん……『八咫烏』さんは、長命なの？)

驚く小夜に、雲雀は我に返ったようだ。小さく咳ばらいをすると、おもむろに嘴を開いた。

「小夜殿、八咫烏に興味は？」

「あります。とても！」

小夜は飛行をしているという恐怖もすっかり忘れ、雲雀に向け身を乗り出した。

「千明さまは説明が上手くありませんので、僭越ながら僕がお話しいたしましょう」

「お前、俺をなんだと思っている」

「順序立てて話せるというのであれば構いませんよ。八咫烏の成り立ち、我らとは何者か、会えずにいた十年のこと、我らの能力等々、小夜殿に知ってほしいことはたくさんありますからね」

「……任せる」

「はい。任されました」

満月の下、小夜の目には、雲雀が得意げな表情をしているように見えて、思わず唇を綻ばせた。

「たくさんあるとは申しましたが、いきなりすべてをお話ししては混乱してしまうかと思います故、まずは大切なことをお伝えしましょう。ややこしい話は追々ということで」

「はい」

「はるか昔——そうですね、人の歴史で言うところの千と二百年ほど前のことになりましょうか。我ら八咫烏の一族は、現在でいう熊野という地で暮らしておりました」

雲雀は少し高めの聞きやすい声音で、ゆっくりと語り始めた。

熊野でひっそりと生を営んでいた三本足の烏は、高貴な人物が大和の地を平定する際、天上神の命により道案内をすることになった。

この道案内をした八咫烏が、千明の祖先であったのだそうだ。

八咫烏はその命を無事果たしたことで、神より褒賞を賜ったのだという。

曰く、
八咫烏の祖は神として列する資格を有する。また祖の子孫もそれに準ずる——と。

「では、やはり金色カラスさんは、神様だったのですね」

物語を読んだ時のような高揚感を感じずにはいられない。

「まあ、僕たちも言い伝えでそうだと聞かされているだけなので、本当のところはわからないのですけどね」

「え、そうなんですね」

雲雀がおどけた調子でそう言うのに、小夜は目を瞬かせる。

「ほかにも伝わっている話の中では、もともと神様だったのだけれど、さらに上の神様から命じられて道案内をさせられたとか、渋々こちらの界に下ったものの、いざ来てみたら意外と居心地が良くて天上に戻らずこちらに居ついたとか、この地にいた二本足のカラスに一目惚れして帰らなかったとか、天上の世界で悪さをしてその罰として落とされたとか、まあいろいろ言われているのですけどね」

カカッと雲雀は笑う。

「人と交わる前の祖先たちは、人のように文字や絵で残すことはできませんでしたから、口伝(くでん)に頼るしかないわけで、そうすると正確な史実かどうかは僕たちには判断がつかないというわけです」

何しろ千年以上昔のことですし、と語る雲雀に、確かに、と小夜はうなずく。

「ただ僕は、我らの祖は天上からやって来たのではないかと想像しております」

「……というと？」

「我らは雄しか生まれないので、これはこの地上において不都合極まりない生態であると言わざるを得ない。長命あるいは不死である神ならばいざ知らず、我らには寿命があります。男だけでどうやって子孫を増やしていけるのか」

「……お、す、……男性しか生まれない？」

はい、と雲雀は首肯(しゅこう)する。小夜は思わず千明に顔ごと向いた。千明もこくりとうなずく。

(男性しか、生まれない)

驚きながらも、小夜は、ああ、だから、と納得がいった。

「だから、人の形や猫さんの形に変わるのですね」

「そう！」

相手の形にならなければ子を為せない……子が為せなければ『八咫烏』という種は滅びてしまうからだ。

「僕の亡き妻は猫でした故、猫の姿を取ったのです」

「猫さんが奥様……」

「その前は人が妻でしたので、人の姿も取れますよ」

「そ、そうですか」

流石は百七十八年生きているだけあって、人生（烏生？）経験が豊富なのねと、小夜は驚きつつも、彼の話に納得していた。

「そういうわけで、我ら八咫烏にとっては、この方と決めた相手と同じ形になれなければ夫婦になることができない。それゆえ形を変える修練は何よりも大事なのです」

変えられなければお相手を諦めなければならないので必死になります、と言った雲雀の声は、これまでのおどけたような、時に揶揄（やゆ）するかのようなものと異なり、真剣だった。

「我らの中にも生涯独身という者もおりますがね。心に決めた方がいるのにその形になれないというのは悲劇としか言いようがない」

「……それは、悲しいですね」

中にはそういう八咫烏もいたのだろう。その気持ちを考えて、小夜まで悲しくなってくる。と、今までずっと黙っていた千明が、小夜を抱く腕に力を込め直した。

「そんなわけで、十年前、千明さまは人の形となることを第一目標とされ、郷で修練に励んでいたのです。少々時間がかかってしまいましたが、小夜殿の危機に間に合い、本当に良かったです」

「……先刻も言ったが、もっと早く来られれば良かった」

明るい雲雀の声に対し、千明のそれは低い。小夜はそっと千明を仰ぎ見た。

「わたしは、あの場面で来ていただき本当に嬉しかったです。千明さま、ありがとうございます。わたしのいる場所がどうしてわかったのか不思議ではありますが」

沈む千明の顔を見ていたくなくて、小夜は明るくそう口にした。すると、

「ああ、小夜が俺の羽を持っていてくれたから」

「羽……あっ、金色の羽毛のことですか？」

そう、と千明は小さく唇を綻ばせる。

『契約』をした翌日に、枕元にあった金色の羽毛——。千明のものに違いないと確信した小夜は、贈られた石たちと一緒に、大切に巾着袋に入れていたのだ。

「もうすぐ着く。小夜、腕を」

「あっ、は、はい……」

千明に促され、改めて腕に力を入れてしがみつく。最初に感じていた戸惑いがなくなったわけではないけれど、羞恥よりもあたたかな腕への安堵感の方が勝った。

人気のない場所を選んで、千明はゆっくりと下降した。足先が地面に着いた瞬間、小夜はがくりと頽れるように、座り込みそうになる。そんな小夜を、千明はしっかりと支えてくれた。

「あっ」

「大丈夫か？」

「は、はい。ありがとうございます。脚……というか、身体に力が入らなくて」

「飛んでいる間、ずっと緊張していたのでしょう。ホッとして力が抜けるのは当たり前のことかと」

着地した瞬間に、雲雀はカラスから人の姿へと変わっていた。

「雲雀さん、ですか？」

「はい、そうですよ」

大きな目が印象的な青年だ。洋装姿の長髪で、人の年齢で照らし合わせてみると、二十代半ばくらいに見える。

「小夜、行こう」

「はい……、ここは」

小夜の目の前にある建物は、三葛家の自宅ではなかった。

ハッと千明を見上げると、穏やかな眼差しが返ってくる。

「千明さま……あの」

「小夜、俺の望みを聞いてくれるか？」

「……千明さま」

「俺は其方の笑顔が見たい」

「……」

「俺の望みを叶えてくれ。そして小夜の望みも叶えたい。何か欲することはないか？」

端整な面は、沈黙していると少しだけ怖く見えるけれど、小夜を映す瞳はどこまでも優しい。千明が言わんとすることを察した小夜は、目を潤ませた。

「千明さま」

「笑ってくれ」

その望みは、今は少し難しい。涙がこみ上げてきて、それを堪えることができなかった。ぽろり、と頰を転がる雫がひとつ、ふたつ。三つめが落ちた瞬間、小夜は千明の望む通り、微笑んだ。

「ありがとう。――小夜、望みを言ってくれ」

「わたしは……わたしの、父の病を」

掠れる声で告げた望みを最後まで聞き届けた千明もまた、笑顔を見せる。

「任せろ」

そう言って、千明はしっかりとうなずいたのだった。

八咫烏は神出鬼没なのだろうか、気がつけば小夜は、ふたりとともに父の病室にいた。

（そういえば『契約』をした時、窓も扉も閉まっていたのに、いつの間にか千明さまと雲雀さんが部屋にいたわ）

暗がりの中十年ぶりに会う父はやつれ果て、その姿を見た瞬間に、小夜は涙が止まらなくなる。

「お父さま……」

寝台に横になる父にそっと近づき、床に跪（ひざまず）いて近く顔を寄せた。枯れ木のような腕を手に取り、心を込めて握りしめる。

微かに清史郎の瞼が震え、半ば開いた唇から細い息が零れる。

小夜の隣に立った千明が、清史郎の胸に掌を押し当てる。息をつめてその様子を見守っていると、千明の掌が淡く発光した。

「……っ」

光はじわじわと病室内に広がってゆく。

まぶしくて、それでも見届けていたくて、小夜は一心に目を凝らした。

清史郎の胸から、ゆらりと湯気のようなものが立ち上った。灰色のそれは、光に触れた途端に跡形もなく消失した。すると光もまた一瞬で消えてしまう。

「あ……」

ふう、と清史郎が息をつく。先刻まで苦しそうに寄せられていた眉間がゆっくりと開き、穏やかな表情へと変わってゆく。苦痛が取り払われたその顔を見下ろしながら、小夜は再び涙がこみ上げてくるのを止められなかった。

「病は去った。明日、また来よう」

「は、はい……」

父の病室から外に出た小夜は、ドキドキする胸に手を当てながら、紅潮した顔を千明に向け微笑んだ。

「千明さま、ありがとうございます。本当に……ありがとうございます」

奇跡を目の当たりにして、小夜は未だ空を飛んでいるかのような心地がしていた。

「俺も望みを叶えてもらった」

（笑顔と病を治してもらうこと、あまりにも価値が違いすぎるのに）

そう言っても千明は否定するのだろう。微かに上がった口角（こうかく）からも、小夜の笑顔を見せることが千明にとっての『望み』なのだと信じることができた。

（本当に、ありがとうございます）

小夜は、千明へと最上の笑顔を返すのだった。

こんこん、こんこん。

窓をそっと叩くと、その音が聞こえたのだろう、八重はすぐさま音の出所に気づいて走ってくる。

「小夜お嬢さまぁ！」

上げ下げ式の窓を勢いよく上げた八重は、今にも泣きそうな表情で坪庭へと顔を出した。

「小夜お嬢さま、ご無事で……！」

時刻は午前二時を過ぎている。にもかかわらず、八重は小夜の部屋で待っていてくれた。

「心配をかけてごめんなさい」

「おひとりで九条家に向かったと聞いて本当に、……本当に、どうしたらいいかと」

ホッとしたように笑顔を見せたが、すぐにその顔が強張る。

「御髪、どうかなさったのですか」

家を出る時には纏めていた髪を下ろしていることに気づいて、八重はわなわなと唇を震わせた。

「あ、大丈夫です。助けてくださった方がいらして、……まずは部屋に入りますね」

「では玄関の鍵を開けて――」

「必要ない。小夜」

それまで背後で沈黙していた千明が不意にそう言うや、小夜は部屋に戻っていた。

「――――」

その不可思議な状況を目の当たりにした八重は、ぽかんとその場に棒立ちになる。

「ち、千明さま、急にお力を使っては、八重さんが驚いてしまいます……！」

「え、……え、さ、小夜お嬢さま……？」

「あのっ、八重さん、お話ししますので！」

八重に駆け寄って、ぎゅっと手を握る。目を瞬かせ、八重は小夜の手を、次いで顔を、さらに後ろの千明と雲雀を見て、そうして再び小夜に視線を戻した。

八重は自らを落ち着かせるように息をつく。

「……わかりました。お話、お聞かせください。時間も時間ですので、お茶のご用意もできず申し訳ないのですが」

不可思議極まりない状況ながらも、八重は小夜を信じてそう言ってくれた。小夜は心から感謝する。

「では、お話しますね。千明さま、雲雀さん、どうぞおくつろぎください」

（まずは、……どこからお話ししよう）

頭を悩ませながらも、努めてわかりやすくかつ理解してもらえるよう、小夜は八重に包み隠さず話し始めるのだった。

「……つまりこの御仁たちはカラスで、人に化けることができて、小夜お嬢さまを健康にし、お嬢さまの危機に颯爽と現れ救出し、清史郎さまの病も治し、そしてここに来られた、ということですか」

「化けるといいますか、姿を変えることができるそうです。それ以外は概ねそういったことになります」

ようやく話し終えた小夜は、ホッと息をつく。

「お嬢さまが金色の髪になったのも、その御仁との『契約』故に、ということですか」

「ええ、そうです」

八重は微かに眉間にしわを寄せ、唇を引き結ぶ。

「小夜お嬢さまへの数々の恩義、心よりお礼を申し上げます。それはそれとして伺いたいことがございます。千明さん」

「なんだ」

「そもそもどうして金色の羽根ではいけなかったんですか」

「え？」

「いいじゃありませんか、金色の羽根で」

「……八重さん？」

八重はむっとしたまま、千明を睨みつける。

「お嬢さまの御髪が金色に変わってしまった時、どれほど辛い目に遭われたか……！周りから白い目で見られ、家に閉じ込められて……。あたし自身も、最初は染まらない髪を見て驚き恐れましたよ。生まれた時からずっとお世話をさせてもらっているあたしでさえ、そう思ったんです。他人が見たらどう思うかお判りでしょうか」

「八重さん……」

八重は言いながら感極まって両の目に涙をにじませる。その言葉を聞くなり、千明は押し黙ってしまう。

「八重さん、……八重さん」

小夜は首を振って、八重の手を再び握った。

「ありがとうございます。そしてごめんなさい、たくさん心配をかけて」

「小夜お嬢さま」

「でも、聞いてください。わたし、金色カラスさんに、本当に感謝しているんです」

「……」

「八重さん、幼い頃のわたしは病弱で、ほかの子のように外で遊ぶこともできず、少し動いただけで熱を出すような状態でしたよね」

家族やそばにいてくれる人たちに、たくさん迷惑や心配をかけて生きてきました。

小夜は穏やかな声でそう告げる。

「迷惑など……！」

「いつ、命が潰えてもおかしくない、そんなわたしの一番の望みは、健康になって、お父さまや八重さん、皆さんに迷惑をかけないことでした」

「小夜お嬢さま……」

「ですから、健康な身体を金色カラスさんに与えていただいた時、どれほど嬉しかったことか……！　飛んだり跳ねたり走ったりできるのって、なんて素敵なの！」

本当に、本当に嬉しかったんです、心の底からそう口にしていた。

当時のことを思い出せば、今でも心が弾む。

「製糸場でも、くたくたになっても、一晩経てばまた元気になれました。病気ひとつしなかったのですよ。……製糸場で結核が流行してしまった時にも、わたしは大丈夫でした」

「……」

「そして、金色カラスさんと会えなかった間、この髪が支えでもありました。金色カラスさんとわたしを繋いでくれる縁であると」

自らの髪に触れる。キラキラと輝く金の色は、まさに日の光を紡いだようだ。

「わたし、この髪が好きです。金色カラスさんと初めて出会った時、なんて美しい羽でしょうって見惚れてしまうほどでしたから」

小夜はにっこり笑った。そんな小夜を見て、八重は困ったように眉尻を下げる。強張った表情が、少しだけ和らいでいた。

と、ふわり、と背中に何かが触れた。

「……え？」

背後を振り向く間もなく、回された両腕に引き寄せられ、抱きしめられる。

「……！」

「小夜」

「え、……えっ」

「小夜、――小夜、其方は本当に美しい。姿形だけでなく、その心根も」

「は、え、あ、ありがとう、ございま……、あのっ、千明さま……！」

大切な宝物のように優しい腕に抱きしめられて、小夜は顔が真っ赤になってしまう。

すると、目の前にいる八重が、急にわなわなと震え始めた。

「よっ、嫁入り前のお嬢さまになんてことを――！」

「小夜は俺が責任をもって幸せにする。心配するな」

だがそれは、八重を落ち着かせるどころか、怒りに燃料をくべる言葉だった。

「小夜お嬢さま、恩義あるカラスだとしても、どうかお心をしっかり持って、嫌なことは嫌だときちんと意思表明をしてくださいね。少なくともあたしの目の黒いうちは、嫁入り前のお嬢さまに不埒(ふらち)な真似など絶対にさせませんから！」

鼻息も荒く、八重は宣言する。

「いやあ勇ましくて素敵な女性ですね、八重殿とおっしゃるのですか？　小夜殿」

事の成り行きをのんびり見守っていた雲雀が、ここにきてようやく口を挟んでくる。

「あのっ、雲雀さん、おふたりを止めていただきたいのですが……」

「いやいや、ここは腹を割って、それぞれの想いをぶつけてもらった方がわだかまりもできず、のちのち良い方へと向かうのではないかと」

「え、ですが……！」

すでに剣呑な状況になっているのに、良い方へと向かうことなどあるのだろうか。

「まずはその腕をお放しくださいな！」

「嫌だ」

「嫌だ、ではないでしょう、子供ですか！」

「そうなんですよ、うちの主は本当にまだまだ子供で」

「雲雀、余計な口を挟むな」

「あの、あの、皆さん落ち着いて」

場を収めようとおろおろするのは小夜ばかりで、千明と八重は互いの主張を決して譲らず、雲雀はそんなふたりを楽しげに見やるばかりだった。

第六章

【奇跡的に病を克服した三葛清史郎氏、倒産寸前の自社の立て直しに着手】

そんな見出しが新聞に掲載されるようになったのは、桜の蕾が膨らみ始めた三月半ば頃だった。

小夜の願いを受けて、千明が清史郎の病を治したのは三カ月前のことだ。当時は病院でも三葛家でも大騒ぎとなった。

結核を発症して十余年。もう治らないと本人を含め誰もがそう思っていた中で、突然病が消失したために、医師たちはこぞって清史郎を調べたがり、検査を重ねたが、もちろんその理由は判明しなかった。

長年動くことも叶わずそのほとんどを寝台の上で過ごしてきた清史郎は、すっかり筋肉が落ち、少し動くだけで息切れしていた。社会復帰は先になるだろうと言われている中で、驚異的に快復し、会社を立て直すべく精力的に動けるようになったのには理由がある。

「……というわけです。お父さま、お加減はいかがでしょうか？」

病は治ったもののやせ細った身体までもが元に戻るわけではなく、座っているのも辛そうだった父へ、小夜は包み隠さず話した。小夜の隣には千明が、その背後には八重と雲雀も同席している。

清史郎は目を伏せ、細く長い息をついた。

「まずは小夜、苦労をかけたな。本当にすまなかった」

清史郎はそう言って頭を下げる。小夜は慌てて床に膝立ちとなって父の顔を覗き込むと、大きく首を横に振った。清史郎は節の目立つ手で、小夜の頭にそっと触れた。

（お父さま、落ち着いてお話を聞いてくださった）

そのことに小夜はホッとする。

「病を治してもらったこと、礼を言う。ありがとう」

そして千明へと目を向け、頭を下げた。

「小夜が望んだことだ。礼は小夜に言ってくれ」

ぶっきらぼうな物言いに、背後の雲雀が「小夜殿のお父さまですよ！」と、八重が「旦那様に向けての言葉じゃありませんよ！」と慌てて諫める。

千明は、む？　と首を傾げる。そんな千明を、清史郎はじっと見据える。

「訊きたいことがあるのだが」

「なんだ？」

言葉、言葉！　とまたしても雲雀の小声が飛ぶが、清史郎自身は気にしていないようだ。

「娘の話を聞いて感じたのだが、君は娘に対し好意を抱いているのだろうか」

直截な問いに、小夜は大きく目を見開いた。そしてじわじわと熱くなる頬を意識して、思わずうつむいてしまう。そんな小夜とは反対に、千明はまったく動じることなく、もちろんだ、とうなずいた。

「初めて出会った時から、小夜の美しさに惹かれた。心地よい声、あたたかな掌、花が咲き綻ぶような笑顔。まだ喋れぬ鳥の姿であった俺にも、丁寧でやわらかな物言いをしてくれた。誰に対しても細やかに接してくれる。そんな心優しい小夜に、惹かれぬ方がおかしい」

褒め殺しに、小夜は恥ずかしさのあまりその場から逃げ出したい思いに駆られるのを、必死にこらえる。対して清史郎はといえば――。

「つまり、君は」

「小夜と番になる」

はっきりとそう言い切る千明に、清史郎はカッと眼を見開いた。

「許さん！」

それは、昨日まで病に苦しんでいた男の発する声の大きさ強さではなかった。さしもの千明も、その迫力に押し黙ってしまう。

「病を治してもらったことには礼を言う。だが私の大事な娘をくれてやるものか！」

まさに怒髪天を衝くかの如き怒りようだった。

そんな父を今まで見たこともなかった小夜は、驚きのあまり双眸を大きく見開いた。

「お、……お父さま」

「大事な娘というが、其方がいない間、小夜は苦しい労働を強いられた上に、九条家の息子に妾として差し出されようとしていた。父としてその始末はどうつける」

「……！」

「千明さま、それはちょっと言い過ぎですよ」

「そうですよ！　病になったのは、清史郎さまのせいではございません」

雲雀と八重が、すかさず千明の言葉の強さを非難する。

だが、

（……千明、さま？）

その横顔を見上げた小夜は、清史郎を見据える凛とした眼差しに唇を引き結んだ。

そしてそこまで言われた清史郎は、腹に力を込め、言い放った。

「もちろん私の全身全霊をもって会社を立て直す。小夜を望まぬ相手に嫁がせることもさせぬ！」

宣言するかの如く、清史郎は言い切った。

見上げたままの千明の唇の端が、微かに上がった。

「見せてもらう。其方の意気を」

「妾などもってのほかだが、君のもとへ嫁がせるとも言っていないぞ」

「小夜は小夜自身のものだろう。小夜の意思が一番大事なのではないのか？」

もちろんそうだ、と清史郎はうなずく。

（……お父さま）

娘の意思が一番大事と言ってくれる父の子で良かったと、小夜は心から思う。そうでない子も……否、そうでない子の方が、きっと多数を占めるであろうから。

小夜は、未だ会えていない従姉妹の顔を思い浮かべる。

「小夜」

「は、はい」

ふたりのやり取りにただただ圧倒されていた小夜は、父に名を呼ばれて我に返る。

「苦労をかけた分、お前には幸せになってほしい。だから見ていてくれ」

清史郎の言葉に、嘘はなかった。それから驚異的な速さで体力を取り戻し、弟の辰吉が倒産寸前まで追い込んだ会社の立て直しをはかった。

その中のひとつに、小夜が働いていた製糸場の働き方の改善があった。

あの時、小夜は工女たちの心からの望みを叶えることができなかったが、清史郎は工女たちの待遇改善をすぐさまおこなった。労働時間の短縮や休日を設けること、働きやすい環境と能力に見合った賃金の支払い、腕の確かな医療者と充実した施設を併設する等、抜本的に行ったことで、現在では工女たちの数も徐々に増えてきているという。人手が増えれば生糸の生産も向上する。売り上げも今後上昇していくであろう。

九条家と提携していた紡績工場の契約についても見直しを行った。

二家は対等であると話し合いを重ね、不利な契約を破棄し、新たに再契約をおこなうことになった。その際に、小夜の妾の話は当然ないこととなった。

清史郎が帰ってきて一番安堵したのは、もしかしたら弟の辰吉だったのかもしれない。病が治った兄の前で、辰吉は子供のように泣いた。そんな弟を、兄は「お前なりに頑張ったのだろう」そう言って抱擁した後で、「だがそれはそれとして」と言うや否や、頬を張った。夫の隣でうつむいていた友子が、小さく喉を震わせる。

「辰吉、そして友子、小夜への無体な仕打ちを詫びてもらう」

低いが怒りのこもった清史郎の声に、ふたりは一も二もなくうなずいた。そして辰吉一家はその日のうちに脱兎の如く三葛家から出ていったのである。


今日は三葛家に千明と雲雀がやってくる日だ。

母の形見の三面鏡の前に座り、小夜は髪を整えた。

小夜が高崎の製糸場で働いていた間、部屋に面した坪庭は放置されていた。それを見た時にはさみしさを感じたが、辰吉の家族が引き払ったあとで、すぐさま庭師の芝田が手入れを始めてくれた。今では子供の頃に毎日見ていた庭と変わりなく、次々と植物が芽吹き、葉を広げ、花を咲かせている。

「小夜お嬢さま、ヤタガラスのお二人がいらっしゃいましたよ」

扉を叩く音の後で入室してきた八重の言葉に、小夜は三面鏡の前から立ち上がった。

部屋を出て、客間へと向かう。

『来てもいいが、小夜の部屋に入るのは控えるように』

清史郎から釘を刺された千明は、雲雀に言い含まれたのか、反論はせずにうなずいていた。

「こんにちは」

客間に入るなり、千明が歩み寄ってきた。そのままごく自然に抱き寄せられれ——だが寸前で、八重の手により間を開けられる。

「はい、抱擁は禁止ですよ」

「……」

そっと千明を見上げると、明らかに不服そうな顔をしている。だが小夜が千明の腕に掌を乗せると、やわらかく微笑んだ。

（わ……）

小夜は心の中で、小さく声を上げた。

千明は会うたびに表情が豊かになっていくように見える。そしてそんな千明を見るたびに、小夜は内心ドキドキしていた。

千明が人の形になれたのは小夜と再会する直前だったそうだ。それまではどうしても中途半端にしか人になれなかったのだという。

人の姿で三葛家に初めてやってきた日に話したことを、小夜は思い出していた。

『郷で修練をしていた時には時間の感覚がなくて、十年も経っていたとは思ってもみなかったんだ』

千明はその間に小夜の身に起こった不幸を、自分の手で取り除くことができずにいたことを悔いているようだった。

『雲雀は口にはしなかったが、俺が人の姿にはなれないかもしれないと思っていたようだ。だがあの時、俺は其方の危機を感じたんだ』

そして矢も楯もたまらず郷を飛び出そうとした次の瞬間、人の姿になれたのだ。

千明はそう言って微笑む。

『きっと小夜が力を引き出してくれたのだと思う。そして俺は、八咫烏の力を、小夜のために使おうと、改めて決意した』

千明は人の姿になってからも、三葛家に来るたびに花を持ってきてくれる。

子供の時分の小夜が喜んだから、というのもあるだろうが、金色カラスはいつだって花びらが散らないよう、丁寧に優しく咥えて持ってきてくれた。きっと千明自身も花が好きなのだろう。

『この家の庭を初めて見た時驚いた』

千明は坪庭を見る目を細める。

『小さいがとても美しい。上から見ると、真四角で目を引くし、何より他と彩りが全然違うんだ』

優しい色で溢れていて、小さな宝箱を覗き込んでいるような心地になれる。まるでこの庭は小夜そのもののようだ。

詩的な表現をする千明に、小夜は驚いて目を丸くする。

(も、もしかして雲雀さんの授業の成果でしょうか)

『こうして小夜と同じ人の姿になれて嬉しい。小夜と同じ目の高さで物事を見ることができて本当に良かったと思う』

小夜が好きだ。

衒(てら)いなく告げられる愛の言葉とまっすぐな視線に、小夜の鼓動は速まるばかりだった。

「では、授業を始めましょうか」

雲雀の声をきっかけに、小夜と千明はそろって彼の前に着席した。

客間は洋室だ。濃紺に大きな花模様が美しい天鵞絨張りのソファは、一人掛けが二脚と三人掛けが一脚。間には繊細な縁飾りが施された一枚板の卓子が置かれている。卓子上には西洋で飲まれているという赤い色の茶と洋菓子、そして冊子が何冊も並べられていた。

「千明さまはこちら。人と接するにあたっての細かな注意事項をざっと箇条書きにしておきました。小夜殿はこちら。八咫烏についてのあれこれを同じく箇条書きにしてあります。不明な点がありましたら質問をしてください」

「はい」

齢百七十八の雲雀は、妻が猫であったり人間であったりしたことから、人の生活にも詳しい。たくさんの本を読み込んではきたものの、自宅と製糸場くらいしか知らない小夜よりも物知りであった。

「雲雀殿、あたしはほかに用を片付けてきますので、お嬢さまをよろしくお願いいたします」

「はい、お任せを」

「くれぐれも千明殿が」

「ええ、ええ、もちろん、千明さまが不埒な真似をしないよう、しっかり見張らせていただきます」

「不埒な真似とはなんだ」

そんなことはしない、と千明は断言する。

「不埒な真似を不埒と認識していないのが困りものなのですよ」

八重は出会った時から千明に対し容赦がない。それは小夜のことを大事に思ってくれているからこそだとわかってはいるのだが、あまりにもいろいろ言われ、それでも本気では怒らない千明を見ていると、申し訳ない気持ちになる。

(全然嫌ではないのだもの……)

千明と自分の気持ちは同じだろうかと悩みながらも、わかっていることもある。

手と手を重ねるのも、優しい抱擁も、真っ直ぐに愛を語るところも、どれも一度だって嫌だと思ったことはない。

(は、恥ずかしい、ということはあるけれど)

小夜はそっと千明の横顔を見つめる。その視線にすぐに気づいた千明は、身体ごと小夜に向き直った。

「どうした？」

「あ、なんでもないです」

「そうか。今日も小夜は美しいな」

　突然の賛辞に、小夜は息が止まってしまいそうになる。実はいつも千明はこうなのだ。普通に会話をしている間に、こんな風に美しいとか可愛らしいとか見惚れてしまったとか、そんな、小夜が逃げ出したくなるような言葉を差し挟んでくる。

　千明は、思ったから口にした、とあっさり言うのだが、小夜としてはたまったものではない。鼓動はどんどん速くなるし、混乱と羞恥で頭がぼうっとしてきてしまう。

「はいはい、授業中ですよぉ。黙って冊子を読んでくださいねー」

　いつものこと、というかの如く雲雀がその場を収めてくれてホッとしながらも、小夜は未だ熱く感じる頬を意識しながら、冊子を開いて読み始めた。

　雲雀の授業は、今日で三回目になる。本当は女学校に通いたい気持ちがある。だが時期的に中途半端なことと、多忙を極める父の心配事を、ひとつでも減らしたいという思いがあった。小夜の金色の髪は、世間から好奇の目で見られることは避けられない。小夜自身は気にしなくても、父は「娘がこの髪の色で嫌な目に遭ったら」、「もしよからぬ輩に目をつけられたら」と不安に思っていることが窺えた。できれば家の中にいてほしいと願っている、その心情が透けて見えた。

だから小夜は、今はまだ外に出る時期ではないと自身で決めたのだ。

そんな小夜に、八咫烏の勉強をしませんかと誘ってくれたのが雲雀だった。それは小夜にとって、願ってもない申し出だったので、一も二もなくうなずいたのである。

小夜は紐で閉じられた冊子を、さっそく開いて黙読する。

初回の冊子には、再会した日に聞いた『八咫烏の成り立ち』が書かれていた。伝わる八咫烏の歴史のほか、雲雀の考えも書いてあり、読み物としても楽しかった。

二回目は『八咫烏の王』の話だった。

千明は現在の八咫烏の王のひとり息子であり、八咫烏の次期王なのだという。

ざっくりとした家系図も描かれており、それによると雲雀は千明の父……現王の母違いの弟の息子とあり、千明の従兄弟という。

(雲雀さんは百七十八歳で、雲雀さんのお父さまのお兄様が千明さまのお父さま。……本当に長命なのですね)

つまり千明の父……現王は確実に百七十八歳以上ということだから、人の身からすれば、途方もない寿命だ。

そして三回目の今日の冊子には、『本流と似流について』とあった。

「本流と、に……流?」

「ああ、じりゅう、と読みます」

小夜はうなずいて、さっそく読み進めた。
一、本流とは熊野に住まう、千明の父である八咫烏ノ王の血筋である。
二、熊野に住まう者たちは、すべて本流と呼ばれる。
三、翻って似流とは、八咫烏の王の地に入るのを禁じられた八咫烏である。
「八咫烏の王の地に入るのを禁じられた……」

小夜の脳裏にふと浮かんだのは、九条家の三男、青吾の顔だった。

「九条青吾は似流ですね。八咫烏であり、八咫烏ではない」

「それは、どういう……」

首を傾げる小夜に、雲雀もまた困ったように軽く首を振った。

「僕たちも本当のことはわからないんですよね。なにぶん昔の話ですし。似流はどうも八咫烏の禁忌を犯したらしく、追放されたそうなんですよ。それで、人の世界で生きていくことになった。今ではどれくらいの数がいるのかも、こちらは把握していません」

「禁忌を、ですか」

八咫烏の禁忌とはなんだろう？

「同族殺しだ」

それまで黙って冊子を読み込んでいた千明が、低い声でそう告げる。

「……っ！」

「雲雀が言うように、言い伝えに過ぎないから真実を確かめる術はない。だが似流は郷に入るのを禁じられているというより、郷に入れないようだ」

「似流の前だけに立ちはだかる、大きな見えない壁みたいなものがあるみたいなんですよ。同族殺しが本当かどうか、今では知る由もありませんが、相当ひどいことをしたんでしょうね」

小夜は『同族殺し』という単語の禍々しさに、知らず身震いをした。

「ですので、小夜殿、あの男には気をつけてください。何やらあなたに固執しているようでしたから」

小夜は身を強張らせつつも、はい、と小さくうなずいた。

「小夜、大丈夫だ。あの男が何をしてこようとも、其方は俺が守る」

千明の声が、常以上に優しく小夜の名を呼ぶ。そして声同様に優しい腕に、そっと抱き寄せられた。いつもならば羞恥を感じてしまうけれど、千明の腕は、そして呼ぶ声は、小夜に安心を与えてくれる。

「郷、とはどのようなところなのでしょう」

「……ん？」

「千明さまが過ごされた八咫烏の郷のことを教えていただけますか？」

「興味があるのか？」

「はい」

「そうか……」

小夜は先刻の怖い話を打ち消そうと、あえて声を弾ませてうなずいたのだが、返ってきた声も表情も、少し様子がおかしかった。

（……何か、悪いことを訊ねてしまったのかしら）

にわかに不安になるが、そんな小夜の焦燥に気づいたのか、千明は笑顔を見せてくれる。

「八咫烏について興味を持ってもらえるのは嬉しい。そうだな。――其方の父の賛同を得られたら、郷に来てみないか」

思ってもみなかった誘いに、小夜は目を瞬かせた。

「郷に、ですか」

確かに、八咫烏が住まう郷がどんな場所なのかとても気になる。

ただ、

（お父さまは賛同してくださるかしら）

現状では難しい気がする。だが千明の生まれ育った場所には、いつか行ってみたい。

「それはずいぶん難題ですねぇ」

雲雀がおかしそうに笑う。

「ですがご自分から郷に来ないかとおっしゃるなんて、千明さまも大人になりましたね」

「……？」

「子供の頃の千明さまといったら、ちっとも郷に居つかず、しょっちゅう行方不明になっていましたからね」

雲雀にからかわれていると思ったのか、見る見るうちに仏頂面になる千明へ、小夜は首を傾げる。

「そうなのですか？」

「……まあ」

口にはしなかったが、小夜が疑問を抱いていることは伝わったようだ。少し困ったように目を伏せた。そんな、あまり見たことのない表情に小夜は慌てた。

「あの、お、お話していただかなくても大丈夫です……！」

早口でそう言ってしまう。すると小夜の慌てぶりがおかしかったのか、千明はすぐに笑顔を見せてくれた。

「いや、別に話したくないというわけではなくて、……というか、小夜」

「は、はい！」

「慌てる小夜も可愛いな」

「――――！」

またしても不意打ちをされた小夜は、思わず両掌で顔を覆ってしまう。

「その仕草もとても愛らしい」

「ち、千明さま……！」

もしやからかわれているのではと疑ってしまうくらい、朗らかな笑顔だ。

「はいはーい、そろそろ離れてくださいね。でないと」

「何をしていらっしゃるんですか！　抱擁はなしと申したでしょう」

時宜よく入ってきた八重が、小夜を腕に抱く千明を見た途端に飛んできた。

「まったく油断も隙もあったもんじゃない。お嬢さま、どうぞしっかりなさってくださいな」

「あ、は、はい」

首を竦めて、小夜は慌てて冊子に手を伸ばした。

（あ、……お話、聞きそびれてしまいました）

八咫烏の郷に対して、何かわだかまりでもあるのだろうか。

そんな疑問を持ちながらも、小夜は冊子へと目を通すのだった。

社長職に復帰した清史郎は多忙を極めたが、それでもできるだけ小夜との時間を大事にしようと考えてくれているようだった。

仕事で夜遅くなりそうな時には、朝食を一緒に、早朝から夜中まで仕事が詰まっている時には、昼に時間を取って一時帰宅するといった具合だ。

話すのは、他愛のない日常のことがほとんどだったが、小夜が聞きたがったために、今父がおこなっている仕事についても話してくれた。

小夜が働いていた製糸場にも、清史郎は何度か足を運んだという。そこで工場長や場の監督たちを一新し、本社とのやり取りも密にして、きちんと改善がなされているかその都度確認をしているのだそうだ。

(工女の皆さんが働きやすくなっているのなら良かった)

「ところで小夜、八咫烏のふたりについてなのだが」

「あ、はい」

「彼らの、人の世界での生活拠点がどこなのか知っているかね?」

「生活拠点と言いますと、熊野の郷、ではなく?」

「ああ、毎回熊野から飛んで来ているというわけではないのだろう?」

「あ」

そういえば確かにそうだ。

「ど、どちらに住んでおられるのか、伺ったことがありませんでした……」

父に言われるまでその疑問に行きつかなかったことに、小夜は内心頭を抱えた。

「今度いらっしゃった時にお聞きしてみます」

「うん、そうしてくれ。恐らく東京市内に住む場所があるのではないかと思ってな」

「それは、何か思い当たることがあるのでしょうか？」

小夜の問いに、だが清史郎は一瞬、む、と眉間にしわを寄せた。だがその、苦虫を潰したような表情はすぐに消え、変わって苦笑を浮かべた。

「こういった話をお前にするのはどうかとは思うのだが」

「お聞かせくださいませ」

千明に関することならば、知っていたい。そんな小夜の想いに気づいたのだろう、清史郎は複雑そうに眉根を寄せるが、黙り込んだりはしなかった。

「九条家と紡績工場の再契約をした際、あちら側に助言をした者がいたらしくてな」

「助言、ですか？」

「こちらの利になるように動いてくれた『誰か』だ」

「……」

「それが誰かは、はっきりとは言われなかったが、九条男爵家に意見することができるとなると、それなりの人物なのだろう」

（それが、千明さまだと……？）

「お前にも申し訳ないことをしたと、九条男爵から謝罪を受けた」

「……あの、息子さんなのですが」

「青吾さんのことかな？」

「はい。お父さまがご存じでいらっしゃることをお聞きしたいのです」

青吾は『似流』であると聞いている。彼が『似流』であるなら、九条男爵もまた『似流』なのだろうか。

「現九条男爵が婿養子というのは知っているかい？」

「え、そうなのですか」

「九条家はもともと商家で、維新以前は京都で商いをしていたそうだ。東京奠都以降、京都の近代化に尽力したことで勲功を得て授爵したのだが、本家の九条家は女子ばかり授かるために、養子をもらうことが多かったそうだ」

「……女子ばかり」

そう聞いて、小夜の心に引っかかるものがあったが、うまく形にはできなかった。

「青吾さんは三男だが、実は上のふたりは養子だそうだ。なかなか男子が授からなかったために、青吾さんが誕生する前に近親者から養子をもらったと聞いている。彼は言わば、本家待望の男子だというわけだ」

「……」

「そのために九条男爵は、青吾さんに跡を継いでもらいたいという気持ちが強くてな、今後どうなるか少し気になるところではある」

思っていた以上に詳しい話を聞かせてもらったために、小夜は少し混乱していた。

（九条家は女系……でもそんな九条本家で珍しい男子が、九条青吾さん）

別邸で相対した青吾の姿を、小夜は思い出す。

青吾が何を言ったのか、恐ろしさが勝ってあまり覚えていない。だが青吾が小夜の金の髪、つまり本来千明のものであった金色の羽根を欲していたことは、鮮明に脳裏に刻まれている。

（八咫烏の王の子、と言っていたし、千明さまのことをよくご存じだった）

なぜ知っているのだろう。千明と小夜が黒髪と金色の羽根を交換した『契約』は、雲雀も含め三人のみが知ることではなかったのか。

あの、青みを帯びた黒い瞳に、何もかも見透かされているような気がして、小夜は小さく身震いした。

八咫烏には、人とはまるで違う力がある。神様と同列と認められた生き物なのだから当然なのかもしれないが、そんな風に考えると、なんだか千明がとても遠くにいる人のように思えてしまう。

小夜の胸の底に、コロンと小さな塊が落ちた。

それが不安とか寂しさとか物悲しさとか、そんな感情だということは自分でもわかる。

（……違う、生き物）

でも八咫烏が求める伴侶は、皆『違う生き物』なのだ。

己の種とは異なる生き物が伴侶となる……。

（八咫烏の皆さんは、これまでどんな伴侶を選んできたのでしょう）

例えば雲雀は、猫と人を妻にしたと言っていた。八咫烏を夫とした人はこれまでもいたのだという事実が、少しだけ小夜の心を慰めた。

「小夜」

「あっ、はい？」

慌てて父へと目を向けるが、父は何か逡巡しているようだ。首を傾げると、思い切ったように口を開く。

「おまえは、……その、どう思っているのだ」

「え？」

「あの男のことだ」

「あ……」

小夜は問われた途端に、うっすらと目元が熱くなるのを感じる。そんな娘を、複雑そうに父は見つめていた。

「小夜、人の世に紛れ生活しているようだが、八咫烏は人ではない」

静かな声音に、小夜の視線は微かに揺らぐ。

「お前を健康にしてくれたこと、私の病を治してくれたこと。感謝してもしきれない。だがそれとお前が人ではない男のもとへ嫁ぐというのは、別の話だ」

「……お父さま」

小夜の鼓動が、嫌な具合に速まる。清史郎は、娘の緊張を見て取り、ゆっくりと息をついた。そうして微笑する。

「だが、覚えておいてくれ。お前の気持ちが一番大事だということを」

「――」

「あの八咫烏も言っていただろう。『小夜の気持ちは小夜のものだ』と。父としてお前の気持ちを一番に尊重することを誓おう」

小夜の気持ちが一番大事。そう言ってくれる父の娘で本当に良かったと、改めて感謝する。

千明と再会して以来、どこかふわふわとした気持ちでいた気がする。まるで夢の延長のような、そんな心地でいた。

(きちんと考えよう)

「次に八咫烏のふたりが来るのはいつかな?」

「あ、はい、明後日になります。昼食を一緒にとろうと約束いたしました」

「そうか」

清史郎がうなずくのを見て、微かな予感に小夜は小さく息をついた。


予感は当たり、千明と雲雀がやってくる時間に清史郎の姿があった。

清史郎を見るや、千明はスッと背筋を伸ばし、そして流れるような仕草で礼をする。洗練された所作に小夜が驚いていると、清史郎もまた思わずといったように、「これはどうしたことだ。見違えたな」と口にしていた。

「初めて会った時にはずいぶんと物知らずな青年だと呆れたが、少し会わない間に佇まいはおろか表情まで変わったね」

「お、お父さま」

そんな直截なことを、と慌てる。だが千明はそう言われても特に不服ではないらしく、軽く肩を竦めた。

「あの時は『人』になりたてだったために、『人』としての礼儀作法が身についていなかっただけだ」

「千明さま、目上の方には『です』」

すかさず雲雀が突っ込む。すると千明はあらぬ方へ視線を飛ばした。

「こうやって朝な夕なに口うるさく指導が飛んでくる故、俺でも慣れた」

「なるほど」

納得したように、清史郎はうなずいた。

「訊きたいことがあり、君を待っていた」

これから出かけるが、その前にいいだろうか、と問う清史郎に、千明は首肯する。

「君は九条家と懇意なのだろうか」

千明は一瞬言葉を噤んだが、清史郎の問いの意味にすぐに気づいたようで、口元を綻ばせる。

「九条男爵は口が軽いな」

「否、男爵は君について一言も話題にしたことはない」

「なるほど、推測ということか。流石は小夜の父上だ、頭が回る」

「千明さま！　それはかなり失礼な物言いですよ」

「頭が回るというのが失礼なのか？」

褒め言葉ではないのか、と本気で言っている千明に、雲雀はがくりと肩を落とした。

「あああ……、清史郎さん、申し訳ない、僕の指導不足です」

「まあ、いい。それで？」

「俺が九条男爵と直接会話をしたわけではない。ただ彼の知人が俺の親族と既知だったために、彼らを介し、話をしてもらっただけだ」

「……なるほど」

（九条男爵の知人と千明さまの親族の方がお知り合いだった、と……）

それはどなたなのかと小夜は興味を抱くが、ここで口を挟むつもりはなかった。

「わかった。礼を言う。おかげで男爵との再契約も円滑に行われた」

「それは良かった」

「君は……いや、君たち八咫烏は、人との交流も積極的におこなっているのだな」

「古（いにしえ）より八咫烏の番は人が多かったからな」

小夜がそうなのですね、とうなずいたのと、清史郎が『番』という言葉に、微かに顔を歪めたのはほとんど同時のことだった。

「……もう少し言葉の勉強を進めてほしいところだな」

「それは僕が責任を持ってなんとかします故」

「訊きたいことというのは、それだけか？」

千明が水を向けると、清史郎は一度首を横に振る。

「もうひとつ。先刻の話にも繋がるが、八咫烏の者たちは、人の世界で人とともに生活をしているのだろうか」

それは、と千明は口を開きかけたところで、雲雀の方が先に言葉を発した。

「清史郎さん、いろいろとわからないところや不満な点、不安なこともおありでしょう。よろしければ僕が作成した冊子にまずは目を通していただくというのはいかがでしょう。小夜殿にも同じものをお渡ししております」

さらにもっと踏み込んだことがお知りになりたいということでしたら、僕が説明を致しましょう。

雲雀は胸を張って清史郎に進言する。

「なるほど。君たち八咫烏を理解するためには、それが一番いいかもしれないな」

「……お父さま」

「それはつまり小夜との婚姻を認める、と?」

清史郎の言葉や態度から、早々にそう結論付けたのか、千明が一歩進み出る。それを、

「そんなことは言ってない」

清史郎は一喝（いっかつ）して退ける。目を丸くする千明の表情が少し幼く見えて、小夜は

（……可愛らしい、と言ってしまったら、怒らせてしまうかしら）と、こっそり心の

内で呟いた。そして清史郎もまた、子供のような顔をされてばつが悪くなったのか、ひとつ咳払いをした。

「……何も知らずにいることが不快なだけだ。君たちのような存在がいることを、今まで知らなかったのだから、学びたいという気持ちもある。今は、そうとだけ言っておこう」

「なるほど。では俺たちのことをぜひとも知ってほしい。そしてできるだけ早く小夜との婚姻を認めてもらいたい」

「――それは確約できないな」

「俺が息子になることが不満なのか？　どうすれば確約できるのか教えてほしい」

千明の真っ直ぐな瞳と物言いに、さしもの清史郎も言葉を詰まらせる。

（千明さまはご自身のお気持ちを隠したり誤魔化したりなさらないから……）

そういうところも好ましいと小夜は思う。

ふたりからわずかに顔を逸らしてうつむきつつも、笑みが零れるのを抑えられずにいた小夜に、その場にいた全員の視線が向けられる。

「……小夜、何を笑っている」

「今日の小夜の笑顔も可愛らしいな」

同時に声をかけられて、慌てつつも何事か口にしかける寸前に、清史郎が千明を睥睨（げい）した。

「君はもう少し思慮深くあった方がいい」

「……？　思ったことを口にしてはいけないのか？」

「確かに私の娘は可愛いが、そういうことは人前で気軽に口にするものではない」

「そうなのか？　では己の想いを人はどのようにして伝えているのだ？」

「それは……だから、人前で口にするものではないと言っているだろう」

「ではふたりきりの時ならば存分に告げていいということか」

清史郎はうむ、とうなずきかけ、だがすぐに首を横に振った。

「待て、未婚の男女がむやみやたらとふたりきりになるものではない」

「ならば、どこで小夜を可愛いと言えばいいのだ」

「あの、あのっ、おふたりとも、その辺りでおやめください！」

延々と続く平行線の会話の内容が恥ずかしくて、もう聞いていられなかった。そしてほとんど同時に、小夜同様にそれまで成り行きを見守っていた雲雀が、盛大に吹き出した。

「ははははっ。いやはや、まるで掛け合いのような会話に口も挟めず聞き入ってしまいましたよ！　なんだかんだで相性がいいのでは？　ねえ、小夜殿」

「えっ、あ、はい！　わたしもそう思います」

相性がいいと言われた瞬間に口を開いた清史郎だったが、娘にまでうなずかれて、怒声もしくは反論は霧散する。

「相性がいいのは小夜との方がいいな」

「……小夜」

ここに至るまで徹底的に小夜中心の千明に、三葛家の父娘は早々に敗北宣言を掲げかける。

「皆様方、昼食のご用意ができまし、た……、どうかなさったのですか？」

客間にやってきた八重が、その場の微妙な空気に首を傾げた。

「む、もうそんな時間か。今日のところはこれで失礼する」

慌ただしく歩きはじめた清史郎に、小夜は行ってらっしゃいませ、と声をかけた。

そして、

「あの、お父さま、今度皆で食事でもいかがでしょうか？」

「……食事か。そうだな、予定に入れておこう」

清史郎が部屋を出たところで、小夜は、ふと思う。

（わたし、料理をしたことがなかったわ）

幼い頃病弱だったことと、製糸場で働いていた時には食堂があったこと、そして今に至るまで奉公人に囲まれて生活しているために、厨房に入る機会がなかった。だが料理ができて悪いことはないし、父や千明に手料理を食べてもらえたら嬉しい。

家の料理人の邪魔にならない時間に、厨房で料理を学ぼうと、小夜は決心した。

千明たちが帰った後に、そのことを八重に伝えると、にっこり笑ってうなずいてくれた。

「もちろんお教えいたしますよ」

「ありがとうございます」

何を作ろうかしらと、声を弾ませる小夜に、八重は笑顔を見せつつも小さく息をついた。

「八重さん？」

「いえ、お嬢さまがこうしてお元気になられて、料理がしたいと思われるようになって。……つい小言が出てしまいますが、ヤタガラスのお方には、やっぱり感謝しませんとね」

「……八重さん」

家族同然に思っている八重にしみじみとそう言われ、小夜は己の十六年を振り返る。そうして今笑っていられることに、心から感謝する。

「さて、旦那様やヤタガラスの方が驚くような美味しい料理が作れるよう、あたしをはじめ料理人もお手伝いしますよ！　がんばりましょう」

「はい」

「そうだ、まずは食材選びからしてみましょうか。普段は店の人がこちらまで持ってきてくれますが、今度一緒に買い物に行きましょう」

「はい！」

今もなかなか外に出る機会はないが、行動する範囲を広げていけたらいい。そうして不可能だったことや諦めていたことが、少しずつでもできるようになれたらいいなと、小夜は思うのだった。

桜はすでに散り、薔薇や藤の花が次々と咲き綻んでいる。風は温かく、気持ちのいい陽気が続いていた。

小夜は外出の準備を整えたあとで、いつも身に着けている石と金色の羽毛の入った小さな巾着袋を手に取る。中を開いて、そこに確かに大切なものが入っていることを確認してから、首にかけた。

小夜は袋から手を離すと、坪庭へと目を向ける。

小夜が愛するこの小さな庭には、今は躑躅(ツツジ)が満開だ。赤や白、薄紫色といった様々な色の花が咲いて、目を楽しませてくれる。鳥たちの囀りも聴こえてきて、小夜は目を閉じてその可愛らしい鳴き声に耳を澄ませた。

（そういえば、千明さまはこの庭はわたしのようだとおっしゃってくださった）

こんなにきれいかな、と面映ゆい気持ちになるが、素直に嬉しい。

まるで夢のように穏やかで心地よい日々を送れることを、小夜は感謝する。きっかけとなったのは、言うまでもなく千明との再会だ。

（あれからもう四カ月経ったのね）

その間に初めて経験することがたくさんあった。外出もするようになったし、料理にも挑戦した。

明日は十日ぶりに千明と雲雀がやってくる。清史郎も夕方には仕事を終えて帰ってくるため、小夜はこの日、手料理を皆に食べてもらおうと思っていた。これから食材を求めて店に行く予定だ。ひと月ほど前に八重に連れて行ってもらったのを機に、何度か足を運んでいる店だ。

部屋から出た小夜は、そこで八重の姿を認めて首を傾げた。

「八重さん？」

「あ、小夜お嬢さま、あの、来客が」

「お客様？」

「修子さまです」

「――」

従姉妹の名を告げられて、小夜は目を瞬かせる。

八重もまた、困惑しているかのような表情だ。

三葛家を去った辰吉の家族らとは、あれから一度も顔を合わせていなかった。修子に至っては、小夜が高崎の製糸場から戻ってきた時にも会っていないために、実に三年半ぶりの再会となる。

「どうされますか？」

「会います」

修子の両親が小夜の存在を疎ましく思っていたとして、そして修子自身も同様だったとしても、それでも従姉妹だ。互いに疎遠でいたいというならともかく、来てくれた修子に会わずに帰ってもらうようなことは、小夜にはできなかった。

久しぶりに会う従姉妹は、背丈も伸び、顔立ちも大人っぽく、そして美しく成長していた。藍色と赤の細かい格子模様のワンピースが、はっきりとした顔立ちの修子にはよく似合っている。

「こんにちは、小夜さん」

声の高さも話し方も、記憶の中のそれより落ち着いたものになっていた。ただ、小気味いい滑舌の良さは以前通りだ。

小夜は丁寧に頭を下げた。

「こんにちは、修子さん」

修子は小夜の金色の髪をじっと見つめた。

「元気そうじゃない」

「はい。修子さんもお変わりなく」

そうね、と修子はうなずいた。そこで互いの間で一拍沈黙が落ちる。だがそれも短い間で、修子は背筋を伸ばして小夜へと近づいてきた。

「今日こちらに来たのは、小夜に謝りたかったから」

「え？」

修子が謝る意味がわからなかった。だから思わず首を傾げると、修子は苛立ったように唇を引き結んだ。

「本気でわからないって顔が癪に障るわ。あたしのせいで家を追い出されて三年もの間製糸場で働かなくてはならなかったこと、忘れたとは言わせない」

――ああ、そういう意味なのね、とやっと合点がいった小夜は、小さくうなずいた。

「修子さんのせいというわけではないのでは？」

「どう考えたってあたしのせいでしょう。なんてのんびり屋なの」

憤然とする修子に、小夜は思わず笑みを零した。

「何笑ってるの」

「修子さんらしくて、なんだか懐かしいなと思いました」

目を眇めて、修子はじっと小夜を見据える。

「……幸せそうね」

「え？　あの、……そう、ですね」

父が元気になって、千明と再会できて、この家で平和に暮らせている。

だから小夜は素直にうなずいた。

「幸せなのね」

「はい」

修子は、そう、とうなずくと、ひとつ息をついた。それは安堵したようにも聞こえたが、それだけではない、複雑な感情をも内包しているかのようだった。

「皆さん、お元気でいらっしゃいますか？」

「多分元気なんじゃないかしら」

「え？」

「あたし今、知人の家に寄宿しているのよ」

「そうなのですか？」

どうして、と問いかけて、もしかしてこの家を出ることになったからだろうかと察した小夜は、咄嗟に口を噤んだ。それを聡(さと)く感じ取った修子はそうよとうなずく。

「両親と公一郎は今、大阪で暮らしているわ」

「大阪、ですか？　あ、もしや大阪の工場で」

「そう、父は向こうで副工場長として勤務しているの。やり直す機会を与えていただき本当にありがたいことだわ」

　清史郎伯父様が快復しなければ、会社は倒産していたでしょうからと、修子の声は辛辣(しんらつ)だった。

　三葛家から出て行く前に、叔父夫婦が揃って小夜に頭を下げたことを思い出す。辰吉はどこかホッとしたような顔をしていたが、今にも倒れてしまうのではないかと思うほど真っ青な顔をしていた友子を見た時、小夜は複雑な思いを抱いたのだ。

「……修子さん」

「あたしは学校を辞めたくなかったから、無理を言ってこちらに残ったのよ」

　そういうことだったのですね、と小夜はうなずく。

「どちらに住んでおられるのですか？」

　すると修子は嬉しそうに微笑んだ。

「同じ学校に通っていた方のお宅よ。長年仲良くさせていただいている五つ年上の先輩で、とても素敵な方なの」

初めて見るような、修子のにこやかな笑顔に、よほどその先輩が好きなのだろうなと小夜まで嬉しい気持ちになる。

(修子さんは明るい方だから、お友達もたくさんいらっしゃるのでしょうね)

「そうだわ、小夜。貴方(あなた)も今から行かない?」

「え?」

突然の誘いに、小夜は戸惑う。だがこういったところも変わっていない。修子は幼い頃から小夜が驚くようなことを言ったりおこなったりしていた。

「その方と銀座で会う約束をしているのよ。ソーダファウンテンでアイスクリームを食べるの。それから家に戻って、お茶会をすることになっているのよ。小夜、一緒に行きましょう」

——もしかしたら、これを機に疎遠だった修子さんと仲良くなれるかもしれない。

小夜の心にふと、そんな願望が沸き上がってきた。

小夜には同年代の友人がいない。それは仕方のないことだと諦めていたけれど、一番身近といえる従姉妹の修子がこうして歩み寄ってくれるのならば、とてもありがたいし嬉しく思う。

だが、

「わたしがご一緒しても大丈夫なのでしょうか?」

「大丈夫じゃなかったら誘ったりしないわ。姫様はとてもお心が広くお美しく誰に対しても平等に接してくださる、とても素晴らしいお方よ。小夜の髪だって全然気にしないわよ」

「姫様、ですか？」

「ええ、一宮（いちのみや）子爵家のお姫様だから学生時代からそう呼ばれていたの」

修子は普段より高い声で『姫様』について滔々（とうとう）と語る。そんな大好きな先輩と会う場に誘ってもらえることが嬉しかった。

「ではぜひお連れください」

食材の買い物はその後に行こうと予定を変更する。

「ええ！」

修子は大きくうなずくと、さ、行くわよと小夜より先に颯爽と歩き出す。小夜は慌てて修子について部屋を出た。

――だがその日、小夜は家に戻らなかったのである。

第七章

ここは、どこだろう？

重く感じる頭を手で押さえながら、小夜はゆっくりと瞼を開いた。

身体がだるい。子供の頃、発熱した時のような悪寒が、背中を震わせる。

（……以前は、こういう状態が普通だったのだわ）

千明に健康にしてもらった、この身体――とそこまで考えたところで、小夜ははっきりと覚醒した。

やわらかい褥に、横になっていたようだ。用心しつつ起き上がり、周囲を見回した。

暗い。

もう日が暮れてしまったのだろうか？

目を凝らしていると、やがて暗さに慣れ、ぼんやりとだが周りの状態が見えてきた。

小夜が知らない部屋だった。洋間で広い。格式ある家の客室のようだと思ったところで、小夜は今の状態に至る寸前の出来事を思い出した。

修子に連れられて向かった銀座で『姫様』と会った。

お美しくてお心の広い方だと修子は言っていたが、まさに『姫様』と呼ばれて然るべき気品を感じさせる女性だった。

漆黒の髪を美しくまとめ、小さな帽子を被っていた。白い絹のワンピースは彼女の美貌を際立たせる。小柄だがピンと背筋の伸びた姿勢の良さが、彼女を実際より大きく見せていた。

同性であっても……否、同性だからこそ憧れるのもわかるような女性だった。

思わず見惚れた小夜だったが、相手もまた小夜をじっと見つめてくる。そうして微笑すると、小首を傾げた。

「絹糸のように美しい、金色の髪ね」

ほんのりと淡い紅色の小さな唇から零れたのは、高く細い、けれどよく通る声だ。

「修子、ありがとう。わたくしのわがままを聞いてくれて」

「あたしにできることでしたら、なんでも仰ってください」

憧れの人に礼を言われた修子は、頰を紅潮させながら朗らかに笑う。

「可愛らしい子。ねえ修子、わたくし、この子とお話がしたいの。修子は先に家に帰ってくれるかしら」

「え」

小夜と修子、ふたりの口から同時に驚きの声が上がった。

「お願い」

にっこりと笑顔を向けられた修子は、不満を胸に宿しながらも抗えないのか、はいとうなずいた。

「じゃあ、先に戻っています。小夜、姫様のことお願いね」

「え、修子さん……」

あんなに『姫様』と出かけることを楽しみにしていたのに、と引き留めようとしたのだが、その前に修子は走り去ってしまった。

「修子さん」

「さ、行きましょう」

「え、……あの」

「名前は、小夜、だったかしら」

「は、はい。あの」

「自己紹介がまだだったわね。わたくしは波子。九条波子よ」

「――」

九条、波子。

(九条青吾さんの……奥様?)

サッと顔を強張らせた小夜を、『姫様』こと九条波子はじっと見据える。

「旦那様から貴方のことは聞いているわ。なぜ妾になることを拒んだの?」

波子は心底不思議そうに首を傾げた。

「旦那様はとてもお優しいわ。でも興味のない人やモノに対しては、まるで『ないもの』のように扱うの。旦那様が目をかけてくださるということが、どれほど特別なのか、貴方わかっていないのね」

波子は歌うように軽やかに話す。そうしながら、小夜に手を伸ばして腕を組んだ。華奢な姿をしているのに、力がとても強い。

「旦那様の周りにいる方たちは皆、彼の関心を引こうと必死なのに、まさか拒絶する方がいらっしゃるなんて、わたくし本当に驚いたの」

それでわたくしも貴方に興味が湧いたというワケ。

波子はそう言って少女のように笑う。

「さ、来て頂戴」

「——帰ります。失礼をお許しください」

小夜は一礼すると、波子の腕を丁寧に外す。

「あら、修子さんがどうなってもかまわないと？」

ハッと波子に視線を向けると、彼女は嫣然と微笑した。美しいのに、底知れぬ暗闇を双眸に宿していて、背筋が震えそうになる。

このまま小夜が帰ったら、修子はどうなるのか。

嫌な予感が小夜の心いっぱいに広がってゆく。

「さ、来て頂戴」

先刻と同じ言葉を繰り返す。小夜は、今度はその言葉を無視できなかった。

「どちらへ」

「ソーダファウンテンでアイスクリームを食べましょう。その後はわたくしの家に来て頂戴。お茶会をするの」

当初の予定と同じだ。

波子は再び小夜と腕を組んだ。

本当に、それだけなのだろうか。とても信じることができない。

それでも波子を見ていると、修子に危害を加えるのではという恐怖が勝って、小夜は彼女の腕を振り払うことができなかった。

（それからアイスクリームを食べて、移動した屋敷は、修子さんが寄宿しているという波子さんのご実家ではなかった）

嫁ぎ先である、九条家の家、つまり九条青吾が暮らす家だった。

あまりにも危険すぎて、小夜は出された飲食物を口にしなかった。けれど客間のソファに座ってしばらくすると、強烈な睡魔が襲い、抗えずに意識を失ってしまった。

（つまり、アイスクリームの方に、眠り薬が入っていたのかもしれません）

己の失態に、小夜はきゅっと眉間にしわを寄せた。

恐れていた九条青吾の本宅に自ら来てしまうなんて、本当に愚かだ。

小夜は項垂れた。と、髪が頬にかかり、解かれていることに気づいた。慌てて髪を撫でると、長いままで、心の底からホッとする。

(……千明さま)

千明を思い浮かべる時癖になっている、胸元の巾着袋に手を伸ばす。だがそこにあるはずの袋がない。小夜はサッと顔を強張らせた。

どこかで落としてしまったのだろうか、それとも、奪われた？

たまらず小夜は、部屋の扉へと駆け寄った。

開けようとし、だが当然のように鍵がかけられている。小夜は諦めず、今度は窓へと走った。

光を遮断する分厚い窓掛けを、続いて窓の鍵を開ける。明るい月の光に助けられ、辺りを見回した。そこが一階ではなく二階……あるいは三階に相当する高さにあることを見て取り、小夜は肩を落とす。それでも外に出られないだろうかと、左右開きの窓から大きく身を乗り出した。

「あ……！」

窓の桟に置いた手が滑り、そのまま宙に身を投げ出しかける。

「おっと」

後ろから支えられて落下を免れる。だが聞き覚えのある声を聞くや否や、小夜は勢いよく振り返った。

月明かりだけでも、その姿はよく見えた。背筋が震える。

できればもう二度と会いたくないと思った相手――九条青吾が、にっこり笑って、小夜の前に立っていた。

同刻、三葛家は夜になっても帰ってこない小夜を案じ、清史郎はもちろん、八重たち奉公人らが総出で行方を捜していた。修子の来訪は八重を通して伝わっており、清史郎は急ぎ修子が住む一宮家に向かった。ところが修子は、途中で別れてしまったためにわからないと言う。嘘を言っているようには見えず、どうしたものかと清史郎は思案する。

その時、清史郎の目の前に千明と雲雀が現れた。

それはまるで奇術を見せられているような、現実ではありえない出現の仕方で、清史郎は驚きのあまり、声を上げてしまった。

「小夜の気配が消えた。どういうことだ」

まっすぐに清史郎に向かってくる千明を、雲雀が後ろから抑える。

「清史郎殿に詰問してもわかるはずがないでしょうが」

落ち着いて、と雲雀に諫められるも、その声は千明の耳を素通りする。

「羽が小夜の手から離れた。いったい何があったんだ」

焦燥に顔を歪める千明だったが、清史郎の横で身を竦ませる修子が目に入るや、少女との距離を詰めた。そして無言で修子の目を見据える。

日の光をぎゅっと凝縮したような金色の瞳の強さに恐怖を覚えたのか、修子の身はよろめいた。

「……ぁ」

「術にかかっている。お前、九条青吾と接触したか」

「九条、様……?」

修子の双眸が揺れる。千明の金色の瞳は、まるで修子のすべてを覗き込んでくるかのようで、目を逸らすことができない。

「あ、……会いました」

その言葉だけで十分だった。千明が修子から視線を外すと、途端に修子はその場に座り込みそうになる。それを隣に立つ清史郎が慌てて支えた。

「似流の術は厄介（やっかい）だな。本流とは少し異なるようだ」

「娘は、……小夜は、青吾さんのところにいるということかね」

千明は、ああ、とうなずいた。

「九条家は本邸のほか、東京市内に別邸が二軒ありますね。いずれかに小夜殿は監禁されているということでしょうか」

「そう簡単な話というわけでもない。小夜の気配が隠されている。別の場所にいるかもしれないし、俺たちが知らない似流の技が使われているのかもしれない」

千明は苛立ちをあらわにするが、ふと、顔を上げ黙り込んだ。

「千明さま、どうかされましたか？」

雲雀の問いにも答えず、耳を澄ますように動かずにいる。

四カ月前、小夜のもとに残した自らの羽の存在を介して、小夜の場所に行くことができた。だがそれ以前に、小夜の助けを求める声が聞こえたのだ。

千明は耳ではなく心を澄ませ、小夜の存在を探る。

どこにいるのか、危険な目に遭ってはいないか、九条青吾がそばにいるのか——。

小夜の、絹糸の如く細い金色の髪を呼ぶ。かつては自身の羽根だった。

もし、今も金色の髪となった羽根が千明とも繋がっているならば。

どうかその場所へ、俺を誘（いざな）ってくれ。

千明は祈るように、小夜を呼び続けた。

「本流の王の子の羽根だった時には、陽光を紡いだような金色だったが、君の髪になったら、月光を纏うかの如く落ち着いた色になったね。どちらも美しい」

九条青吾は嬉しげに笑う。小夜は恐ろしさに身を竦めながらも、ひるまず青吾に視線を据えた。

「なぜ、この髪を欲するのですか」

「もちろんその金色の髪が、八咫烏の王の子の証だからだよ」

「たとえこの髪を貴方が奪ったとしても、貴方は八咫烏の王の子にはならないのではないでしょうか」

震える声を必死になだめながら、小夜は己の考えを口にする。すると青吾は、おや、と片方の眉を軽く上げた。

「言うねえ。ねえ、君は教えてもらったかな。どうして金色の羽根の王子が、この色を捨てたか」

「……」

「カラスと言えば、まあ普通は黒だ。まれに変異した白いカラスも生まれるが、大抵は弱く長くは生きられない。だが王子は違う。本来の八咫烏ではない、特別な金を纏って生まれてきた」

そう、あれは異端ではなく特別な色なんだ、と青吾は讃えるようにそう言う。

「だが他者と異なる者というのは、どこでも警戒される。金色の王子もまた同様で、郷では身の置き所がなかったようだよ。王子だというのに、皆に警戒され、王の子としての資質及び能力を疑われ、廃嫡した方がいいと王に進言する者まで現れた。八咫烏にとって黒は一番高貴な色で、一番美しく、一番神に近い色だ、とね」

「……」

青吾の話すことが事実ならば、千明が郷から出て行方不明になった理由がよくわかる。そして雲雀が、小夜の黒髪を見た時、「これは、とてもいい色」と言っていたことも。八咫烏にとっては、黒が最上なのだ。

「己と違うからといって能力が劣ると優越感を抱くなんて滑稽だよねぇ。実際金色の王子は個体として素晴らしい能力を持っている。だが郷の有力者はそれを認めない。私の方がよほど王子の能力を買っているんだがね」

青吾は思っているよりずっと千明のことが好きなのかもしれない——と、そんなことを小夜はふと思う。

「だからね、こんなにも簡単に、金色の王子のこの色を手に入れた君が、とてもうらやましいんだ。とてもね」

「……この髪が欲しくて、修子さんや波子さんを利用したということですか」

青吾は首を傾げる。

「利用なんてしていない。どちらも自ら進んでやってくれたよ。ありがたいね」

修子は憧れている波子に頼まれて、そして波子は愛する夫の望みを知って、それぞれ小夜をこの場所に誘（いざな）ったのだろう。

「以前も申し上げました。この髪を差し上げることはできません」

『契約』ではない。小夜にとっては、千明と自らを繋いでくれる、目に見える大切な縁なのだ。だから決して他者に譲ることはできない。

青吾の笑みがさらに深まる。同時に、恐ろしさも増す。

「普通の女の子だというのに、君は案外強情だし身の程知らずだね」

「……」

「もしかして、金色の王子が助けに来てくれると信じている？　残念！　ここには来られないよ」

「……」

「君の居場所を知らせる王子の羽はね、別の場所に置いてあるからさ」

どうして何もかも知っているのだろうかと、恐ろしさはいや増す。彼に隠し事などできないのではないか。

優位に立つ側は饒舌（じょうぜつ）になりがちだ。青吾もまた、何も知らない小夜に教授するかの如く話して聞かせる。

「似流ってさ、八咫烏のニセモノみたいな名前をつけられているけど、案外器用にいろいろできるんだよ。きっと似流の祖はさ、八咫烏の郷を追い出されたあと、苦労しただろうし悲しかっただろうし、本流を恨んだだろうね。だからこそ、本流とは異なる能力を身に着けた」

「……何もかも知ることができる能力ですか」

「何もかもではないけれど、概ねそんな感じかな。郷に入ることはできないけれど、こうして目を凝らせば――」

そう言うや、青吾の双眸が青みを帯びた黒から、真っ青に変わる。

「郷を覗き見ることができるんだ」

「……」

「初めて金色の王子を見た時は興奮したなぁ。あれはさ、きっと」

（……きっと？）

だが青吾はそこで言葉を切った。そして微かに驚いたような、それでいておかしくて嬉しくてたまらない、というような表情をして見せた。

「流石は金色の王子だ！」

叫んだかと思うと、青吾は一気に小夜に接近する。

「あ……っ！」

「いただくよ」

いつの間に握っていたのだろう。青吾の手には鋏があった。切られまいと小夜は髪を抱きしめるように、腕の中に囲う。けれど青吾は強引に髪を掴むと――、

「ああ！」

バラバラと床に髪が落ちる。思わず声を上げた次の瞬間、小夜は力強い腕に抱きしめられていた。

「……！」

「貴様、よくも！」

「すごいな、本流たる王子！　羽なしでよくここがわかった、ね……っ！」

青吾の語尾が跳ねる。小夜を片方の腕で抱きしめながら、もう一方の拳で、青吾を殴ったのだ。

恐ろしい衝撃音が聞こえて、小夜は身を竦める。

「痛いなぁ」

「以前言ったことを覚えているか」

「ええ？　なんでしたっけ？」

「八つ裂きにする」

千明は容赦なかった。打撃音は二度三度と続き、見ていなくとも青吾に余裕がなくなってきていることが小夜にも伝わってきた。

「本気の金色の王子は恐ろしいな」

そんな声が聞こえた次の瞬間、千明が息をのむ音がする。

小夜はそっと面を上げるなり、目の前に広がる光景に、言葉を失った。

小夜の金色の髪を握る腕を伸ばした先に、ここではない景色が在った。

まるで丸窓から外を覗いているような、そんな感覚だった。

「な、に……？」

「郷だ」

「えっ、え……？」

「原理は分からない。だが恐らく小夜の髪が呼び水になってここと郷を繋いだんだ」

「髪が、ですか？」

そんなことがあるのだろうか。だが小夜の髪は普通の髪ではない。前身は八咫烏の王の子である千明の羽根なのだ。

（髪を染めようとした時、黒くならなかったこともあったわ）

不思議な力を秘めていてもおかしくない。青吾の力も加わって、千明であっても想像の埒外の事態を引き起こしたのだろう。

入ることができない郷を目の前にして、青吾の青い目は爛々と輝く。

青吾は繋がった郷へ飛び込んだ――。

否、飛び込もうとした青吾を、千明は背後から摑んで引き留めた。

「俺の目の前で郷への侵入を許すはずがないだろう」

そのまま強く引っ張り、床に引き倒した。

すぐに立ち上がろうとした青吾だったが、千明が容赦なく腹を踏みつけた。

「ぐぅ……っ！」

たまらず青吾はうめいたが、千明は動じない。

「死にたくなければおとなしくしていろ」

「怖いなぁ、ぅわっ」

「口を開くな」

小夜を抱く腕は優しいのに、青吾に対しては本当に容赦がない。小夜は青吾に恐ろしい目に遭わされたし髪も切られてしまったが、暴力は誰が対象となったとしても怖かった。

「金色の王子のことは敬愛していますが、死にたくはないので！」

青吾は人の姿から一瞬で三本足のカラスとなり、天井まで飛ぶ。羽ばたく音とともにに、青吾の身体から白い靄のようなものが出現した。

「小夜、息を止めていてくれ」

「……は、はいっ」

白い靄は窓から吹き込む風に乗って、ふたりのそばまで漂ってくる。千明は白い靄が小夜に触れないようさらに深く抱き込むが、自身の防備には無頓着だった。千明の顔に白い靄が触れるや否や、まるで猫の爪に引っかかれたような細い傷を負う。

「……！」

傷が生じるとほとんど同時に、千明の身体が傾いだ。

「千明さま……！」

「ふふ、似流の技はご存じないようですので、少し披露して差し上げましょう。今のは、毒。人であれば一瞬で絶命してしまいますが、流石は金色の王子！」

「……！」

「続きましては、こちらを」

再び大きな羽ばたきが聞こえる。するとカラスの青吾の身から、今度は青い雫がしたたり落ちた。すんでのところで避けたふたりだったが、雫が落ちた絨毯が、一瞬のうちに溶けてしまう。青吾はいくつもの雫を落とし、さらに羽ばたきをすることでそれらは飛沫となってふたりを襲った。

「……！」

千明は咄嗟に着ていた外套を盾とし、さらに自身も風を起こして飛沫を吹き飛ばした。

「おっと」

自身から生じた雫を被りかけた青吾だったが、余裕を持って避けた。

「千明さま！」

千明の身体が倒れかける。慌てて支えると、その身が驚くほど熱い。小夜は思わず両手を広げて千明を抱きしめた。

「……大丈夫だ」

「似流の技を軽んじない方がいいですよ。毒の巡りは早い。そろそろ全身に回るんじゃないかな。そうしたら、いくら八咫烏の王子とはいえ、ただじゃあ済まない」

カラスから再び人の姿となった青吾は、にっこり笑った。

青吾の言葉が嘘でもはったりでもないと、小夜は察する。千明の全身は、もはや火で炙られているかのような熱さで、支え続けることも困難なほどだった。

「さて、小夜くん」

「……」

「髪、頂戴？」

青吾は嬉しそうに掌に乗った鋏を差し出す。

「髪を……」

「うん？」

「髪をお渡しすれば、千明さまの毒を消してくださる、と？」

「そうだね。消してあげてもいいよ」

上機嫌にうなずく青吾を見据え、小夜は鋏へと手を伸ばした。触れかけたその手を、だが千明の震える指が抑えた。

「千明さま……！」

「……」

荒い呼吸の合間に、千明は何事か呟いた。だが掠れた小声だったために、小夜の耳には届かない。

「うーん、しぶとい。では三つ目の技を披露しましょう」

青吾の瞳が真っ青になる。先刻見た、あの瞳の色だ。その目を見た刹那、小夜は千明の腕の中から青吾のもとへと移動していた。

「え……」

背後から青吾の両腕が小夜を引き寄せる。そうして小夜の髪へと、顔を近づけた。

「本当にいい色だ。日の光の色、月の光の色、生きとし生ける者を明るく照らし、希望をもたらす、至上の色」

「――」

「欲しいなぁ。欲しい、欲しい、欲しい！」

青吾の指に、髪を鷲摑みにされる。痛みより壮絶な危機感に、小夜は青吾から逃れようと全力で抗う。だが男の力に敵うはずもなく、再び髪に鋏が触れた。

絶望が小夜の胸の内に満たされる。

「誰が、……やるかよ」

頽れた千明の全身から、黄金の光が放出する。まるで太陽を直視しているかのような光の洪水に、小夜はとても目を開けていられなかった。そんな小夜の手首に触れるものがあった。

指だ。

その指が優しく小夜を引き寄せる。

（ああ、……千明さま）

その指が千明のものであることは、何度も触れられてきたからすぐにわかった。引き寄せる力に抗わず、小夜は歩を踏み出した。

「うぅ……っ、目が……」

小夜の背後で、苦し気な青吾の声が聞こえる。

「小夜、目を開けても大丈夫だ」

千明の声に促されてうなずく。そうして千明を見上げると、先刻の毒に侵された苦しそうな表情ではなく、そのことに小夜は心の底からホッとする。

「光で解毒だなんて、……流石は金色の王子」

小夜は細く長い息をつくと、千明の胸に額を押しつけた。

(千明さまがいてくだされば、心が落ち着く)

そばにいてほしい。

それは小夜が初めて抱く欲求だった。

金色カラスの姿しか知らなかった時から、千明は小夜の心の支えだった。その気持ちのまま、今はさらに想いが深まっている。

『お前を健康にしてくれたこと、私の病を治してくれたこと。感謝してもしきれない。だがそれとお前が人ではない男のもとへ嫁ぐというのは、話は別だ』

父の言葉を思い出す。

(お父さま、……そう、ですね)

八咫烏の力は強大だ。人とは違う。父の言うこともとてもよくわかる。

けれど、金色カラスの時にも、そして人の姿になった後も、いつだって千明は小夜を支えてくれたし、危機に瀕(ひん)した時にはこうして駆けつけてくれる。

番に、と乞われ続けてきた。小夜を花嫁にと望んでくれた。

（千明さま）

ずっと傍らにいたい。

それは今の小夜にとって、心からの願いであり、望みだった。

「ああああ……っ、やっと見つけた！　千明さま、ひとりで行かないでください、探したじゃないですか！」

千明を追って、雲雀もこの場に姿を現した。

「やっと来たか」

「やっと来たか、じゃないですよ！　なんですか、先刻の光の放出がなければわからなかった……ていうか、もしかして危機的状況だったってことですよね。大丈夫なんですか？」

「大丈夫だ。こいつを縛りつけておいてくれ」

「縛りつけるって……、あっ、小夜殿髪を切られてしまっているじゃないですか！　なんてことを！」

雲雀までも加わって、青吾を踏みつける。

「小夜、怖がらせてすまなかった」

雲雀が青吾を捕縛する中、千明は戻ってきた宝物を確かめるように、優しい眼差しで小夜を見つめてくる。

「何度も助けていただき、本当にありがとうございます」

「いや、今回も遅れた。……髪が」

痛ましそうに眉根を寄せる千明に、大丈夫です、と微笑む。

「小夜、……望んでくれ」

髪を元通りにしたい、と千明は言う。

「千明さま、あの……その前に、わたしお伝えしたいことが」

「ん？」

少しの逡巡ののちに、小夜は消え入りそうな声で囁いた。

「あの、わたし……」

「すまない小夜、よく聞こえなかった」

首を傾げる千明に、小夜は伸び上がって耳元に唇を近づける。

千明さまが、……大好きです。

そっと囁く。

次の瞬間、小夜の髪が驚くほどの速度で伸びてゆく。本来の背の半ば程まで伸びたかと思うと、さらに伸び――しまいには床につきそうなほどの長さになってしまった。

「ず、ずいぶん伸びました、ね」

びっくりしながらも笑顔で見上げると、そこには顔を朱に染めた千明がいた。

「ち、千明さ、ま？」

「雲雀、ここを頼む！」

目を白黒させているうちに小夜は千明に抱き上げられる。あっと思った次の瞬間には、部屋ではない別の場所に来ていた。

「――――」

そろりと辺りを見回すと、そこが自宅の坪庭であると知る。

「す、すまない……。驚いて、……というか、嬉しすぎて、力の制御を忘れた」

嬉しすぎて小夜の髪を伸ばしすぎ、嬉しすぎて九条家の部屋から自宅の庭まで一瞬で来てしまった、ということか。

そんなことを言われてしまったら、恥ずかしくなってしまうではないか。しかも千明に抱き上げられたままだ。これ以上ないくらい速い鼓動を意識しながら、小夜はおずおずと千明を見上げた。

「小夜、ありがとう。とても嬉しい」

まるで少年のような無垢（むく）な瞳と、陽光のように温かく優しい笑顔。

「千明さま」

一緒にいたい。改めてそう思う。

この先の、溢れんばかりの幸福も立ち塞がる困難も分かち合いたい。

「あの……、髪を戻していただき、ありがとうございます。わたしからは何を」

だがその問いには、千明は首を横に振った。

「ですが」

対価交換ではないのだろうか、と首を傾げると、

「もうもらった。……一生分」

「え？』

何を渡したか覚えがない。だがわかっていない小夜に、千明は少し焦れたように唇を引き結んだ。

「大好きだと言ってくれただろう。あの言葉だけで、俺は一生小夜の願いを聞き続けるよ」

「……！」

改めて言われると、恥ずかしさがこみ上げてきて、小夜は首筋まで真っ赤になってしまう。

そんな小夜を見て、千明は小さくうめいた。

「ち、千明さま？」

「小夜、其方これ以上可愛くなって、俺にどうしろと言うのだ」

ぎゅっと抱きしめられ、その腕の強さとは反対に、頭の天辺に優しく触れる何かがあった。

「え？　え？」

「……」

それが千明の唇であると気づいた瞬間に、さらに頬が火照ってくる。千明は慈しむように、何度も髪に唇を落とす。唇は髪からこめかみへと触れ、そうしてそっと頬に口づけられる。

初めて知る感触に、頭の中が真っ白になってしまう。そんな小夜の顔を、千明は近く覗き込んできた。

「小夜、……俺は、まだ人になりたてだから、わからないことも多い」

「は、はい」

「だから小夜に教えてほしい」

「わたしに……」

千明はうなずいた。

「何が良くて、何をされると嫌なのかを」

「……千明さま」

胸がいっぱいになって、言葉にならない。それでも、千明に想いを伝えたい。

小夜は、言葉の代わりに、思いきって行動することにする。

青吾の白い靄の攻撃でできた千明の目の下の傷に、そっと唇を押し当てた。

「さ……」

顔を真っ赤にしながらも、それでも千明から目を逸らさない。

「千明さまにしていただくことで、嫌なことはひとつもありません」

刹那、小夜は強い力で抱きしめられた。

「小夜、……小夜」

「千明さま……」

「小夜、俺も小夜が大好きだ。俺の番に……俺とともに生きてくれるか?」

はい、と返事がしたかったのに、喉が震えて声が出てこない。だから小夜は、小さく何度もうなずいた。

次の瞬間に見せてくれた千明の笑顔を、小夜は一生忘れまいと思った。

終章

「では出発致しましょうか」

荷物を手に張り切って歩を進めるのは八重だ。

「八重さん、これはわたしが持ちますので」

「大丈夫ですよ。いいお天気で良かったです」

「そうですね」

青空を見上げ、小夜は微笑む。

昨日まで長く雨が続いていたが、今日は朝から日差しが降り注いでいる。

「いくら今日は移動日とはいえ、車窓から覗く景色も楽しみたいですものね」

八重は嬉しそうにそう言うと、率先して歩き出した。

「小夜、くれぐれも気をつけるんだぞ」

「はい」

「八重、小夜を頼む」

「はい、お任せください」

「お父さまも、お仕事頑張ってください」

清史郎は穏やかな眼差しで娘を見下ろし、うなずいた。

「大阪までは一緒だな」

「はい。初めての旅行、楽しみです」

しかも場所は熊野。そう、八咫烏の郷に行くのだ。

『父上が、小夜に会いたいと言っている』

千明がそう言ったのは、九条青吾の騒動があった十日後のことだった。その前日まで、千明は小夜が心配で、三葛家に泊まり込んでくれていた。

誘拐及び傷害の罪で警察に引き渡したというのに、翌日、青吾は牢の中から跡形もなく消え失せていたからだ。

小夜をひとりにはできない。

そう言って清史郎に頭を下げ、三葛家にいてくれた。だが九日が経った頃に、郷の王から呼び出され、そうして翌日に戻ってきた時に、そう言われたのだ。

『もちろん小夜と父上の意向を聞いてからだが』

千明の父であり八咫烏の王に会うと想像するだけで緊張してくるが、いつか郷に行ってみたいと思っていたから、招待を受けたという嬉しさもある。

意外だったのは、清史郎だ。

『小夜が望むのであれば行ってきなさい』

そう言ってくれたのだ。

『この男ならば、小夜を守り続けてくれるだろう』

そう確信したからだ、と。

とはいえ、やはりまだ手放しで小夜が嫁ぐのを喜んでいるわけではなく、時折複雑そうな顔をしている。

とんとん拍子に郷行きが決まる中、

『小夜お嬢さまのお供を致します』

来年六十五歳になる八重だが、絶対についていきますとも、と張り切っていた。八重と一緒に行けるのは、小夜もとても嬉しいし心強い。

準備をする間に、修子が一度やって来た。

詫びと、波子から預かったという、小夜の宝物が入った巾着袋を持って。

千明の話では、修子は青吾に術をかけられていたという。だが、姫様こと九条波子を慕う気持ちは、術をかけられたからではなく、もともとずっと憧れていたのだそうだ。だからこそ、波子が『金色の髪をした従姉妹に会ってみたい』と言われても断れなかったのだ、と。

まさか小夜が攫（さら）われるなど思ってもおらず、きっかけを作ってしまったことを謝りに来たのだ。

修子は頭を下げた後で、こうも付け足した。

『小夜の金色の髪、……ずっと綺麗だと思っていたのよ』

と。


「小夜」

「千明さま！」

「おはようございますー」

「ヤタガラスのおふたりとも、おはようございます」

大阪行きの列車のホームで合流する。長時間の移動に合わせ、締め付けの少ない洋装姿の小夜を見て千明は目を細める。初夏らしい、空色のワンピースには、白いレースの襟がついている。ワンピースと同色の帽子を被った小夜の顔を覗き込んだ千明は、嬉しそうに笑った。

「洋装の小夜も、とても可愛らしい」

これまで何度可愛いと言われたことだろう。賛辞に慣れない小夜は、そのたびに頬が赤らんでしまう。

言われてばかりではちょっとだけ悔しい。

小夜は一度息をついて、袴姿の千明に、

「いつも思っていたことですが」

「うん？」

「袴姿の千明さまも、とても素敵です」

だがそう口にした途端、小夜の方が照れてうつむいてしまう。

「千明さま、顔真っ赤」

だが雲雀の声に思わず顔を上げると、まさにその通りの千明がいた。目と目が合うなり、さらに互いが顔を赤らめるという、なんとも気恥ずかしい状況に、周囲の者たちの反応は呆れたり微笑ましく思ったりムッとしたりと、様々だ。

だが皆が共通していることといえば、ふたりの幸せを願う気持ちだった。

「あ、列車が来ましたよ」

八重の声に、小夜は線路へと目を向ける。千明の手が小夜の指に触れ、優しく絡められる。

微笑むと、笑顔が返ってくる。

はるか先へと続く道を、ともに歩めますように。

小夜の心からの願いは、きっと八咫烏の王子が叶えてくれるだろう。

了

本書は書き下ろしです。
この物語はフィクションです。作中に同一の名称があった場合でも、実在する人物、地名、団体等とは一切関係ありません。

宝島社
文庫

八咫烏の花嫁

王家をめぐる金色の髪

(やたがらすのはなよめ　おうけをめぐるこんじきのかみ)

2023年5月23日　第1刷発行

著　者　香月沙耶
発行人　蓮見清一
発行所　株式会社 宝島社
〒102-8388　東京都千代田区一番町25番地
電話：営業 03(3234)4621／編集 03(3239)0599
https://tkj.jp
印刷・製本　株式会社広済堂ネクスト

Printed in Japan
ISBN 978-4-299-04267-5